김신용

1945년 부산 출생. 1988년 무크지 『현대시사상』으로 등단. 시집 『버려진 사람들』(1988) 『개 같은 날들의 기록』(1990) 『몽유 속을 걷다』(1997) 『환상통』(2005) 『도장골시편』(2007). 시선집 『부빈다는 것』(2009). 장편소설 『달은 어디에 있나 1, 2』(1994), 『기계 앵무새』(1997). 제7회 천상병시상 수상(2005), 제6회 노작문학상 수상(2006).

선물 시편
　　　—야생사과

　　　　　　　　김 선 우

　겨울 숲속에 한 나무가 꽃을 피워 서 있다
　다른 나무들은 잎 다 떨구고 裸木으로 섰는데
　유독 그 나무만 꽃을 피우고 서 있다

　진짜 나무 사무가 아니다
　뒤끝을 없는 나무도 아니다
　저건 온난화가 세워놓은 풍경판도 아니다

　까진 땅구들을 작정한채, 겨울 이 강을 두른 초초롭에 건너오는
　영혼이다

　그 두른 빵긋 구을 군요구싸가 들어 있다

　양 우름 사이에, 없요 한 장으로 떨어 놓는 새색, 장바닥의 연탄
　쳐짐 다웃하다

　그 연탄불에 의희 두 온화광으로 이 불을 깊게 짓는 것 같다
　나무들이 잎 다 떨겄지 오래인 겨울 숲결, 일생을 떠리게 해준
그 기억으로
　한 나무가 꽃을 피워 서 있다
　異常이 아니다. 혹은 최두
　최두에 등불이가 되어 혼
　慘冬이다

　　　　　　　　　　2011년, 천둥에서 우리

시인선 0128

바자울에 기대다

시작시인선 0128
바자울에 기대다

찍은날 | 2011년 3월 25일
펴낸날 | 2011년 3월 30일

지은이 | 김신용
펴낸이 | 김태석
펴낸곳 | (주)천년의시작
등록번호 | 제300-2006-9호
등록일자 | 2006년 1월 10일

주소 | (우110-034) 서울시 종로구 창성동 158-2 2층
전화 | 02-723-8668
팩스 | 02-723-8630
홈페이지 | www.poempoem.com
전자우편 | poemsijak@hanmail.net

ISBN 978-89-6021-152-0 03810
      978-89-6021-069-1 (세트)

＊이 책은 2011년 한국문화예술위원회 창작지원금 수혜를 받아 발간되었습니다.

바자울에 기대다

김신용 시집

2011

언젠가 '현대 사회에 사는 우리들은 이 피도 눈물도 없는 세계에 적응해 나가기 위해서는 서로의 감정을 차갑게 결빙시키지 않으면 안된다' 라는 글을 읽었었다.
가슴이 시렸다.
그러면 내 피를 차갑게 결빙시키지 않으려면 어떻게 해야 할까?
이 질문이, 이 의문이, 이번의 시편들을 낳았을지도 모르겠다.
마음의 그림자가 무겁게 덮힌 내 무의식 속에서도, 아마 그런 자문이 이루어졌던 것 같다.

올 겨울에는 유난히 폭설이 잦다.
지금 바깥은 영하 15도를 오르내리는 혹한의 겨울이다.

이번의 시편들이, 이 겨울에도 따뜻한 꽃 한 송이였으면 좋겠다.
그런 따뜻한 온기였으면 좋겠다.

2011년 겨울, 섬말에서
김 신 용

■ 차 례

I

갯골에서

소래 포구에서 뱀처럼 꾸불텅 파고든 갯골을 본다

뻘이 제 육신을 열어 터놓은 저 물길

서해에 뿌리 박은 거대한 나무처럼 보인다

느티나무가 고목이 되어서도 힘차게 가지 뻗은 듯하다

한때, 소래 벌판의 염전들은 그 가지에 매달려 푸른 잎 나

부꼈을 터

결 고운 옹패판 위에 희디흰 소금의 결정들을 수확했을 터

지금은 나뭇잎 다 져 앙상한 고사목 같은 형상으로 놓였

지만

해주도 소금창고도 허물어져 갈대밭에 누운 지 오래지만

뿌리는 아직 살아 밀물 때마다 염수를 밀어 올린다

스스로 무자위 밟아 수액을 끌어 올린다

뻘밭에 세한도 한 폭을 새겨놓기 위해

바다는 오늘도 墨池가 된다

그 갯골이 커다랗게 입 벌린 상처처럼 보이지만

아물지 않는 손톱자국처럼 여겨지기도 하지만

오랜 세월, 뒤틀리고 휘어진 그 蛇行의 갯골에는

아직 새 날아 온다 뭇 새들 갈대밭에 집 짓는다

뻘 속에는 穴居의 게들, 흘림체로 별사를 쓰듯 기어 나

온다

저 뿌리는 아직 마르지 않았다고
墨池가 살아있는 그늘이라고

섬말 시편
짙은 그늘

목괴가 다 된 느티나무 같다
저 한 生, 얼마나 소금밭을 걸어 왔는지
주름지고 뒤틀린 등걸에는 소래 벌판을 꾸불텅 파고든
蛇行의 갯골이 깊게 패여 있다
그 등걸로도 가지 뻗고 싶은지, 가지 뻗어
벌판 가에 버려지듯 놓인 컨테이너 집 만한
그늘 한 채라도 드리우고 싶은지, 갯골 둑길을
지팡이 삼아 걷는 유모차에는 호미가 실려 있다
갈대밭이 된 폐염전 터에 채마밭을 일굴
호미가 실려 있다. 일본군 위안부로 끌려가지 않으려고
열다섯 나이에 시집을 가 낳은 아이의 아비, 육이오 전쟁
통에 잃고
군식구 입 하나라도 덜어야 하는 시집에서도 쫓겨나
가뭇없이 흘러든 이 소래 염전, 소파로 소금을 긁을 때
마다
토판 바닥에는 갈빗살 허연 아이의 얼굴이 떠올라
진흙 섞여 거뭇한 토염 같은 세월만 떠올라, 두 다리
옹이 지고 닳아지도록 허벅질로 퍼올린 서해 염전 바닥
지금은 갈대숲 속에서 허물어지고 있는 소금 창고처럼
변했지만

그 갈대숲 바자울 두른 컨테이너 집에서 가시랑차처럼
  흰 쌀밥 소복이 담은 밥그릇같이 소금을 실어 나르던 그
가시랑차처럼
  가시랑 가시랑 걸어 나오는 유모차에는 언제나 호미가
실려 있어
  낮달처럼 닳아져 더 옹이진 호미가 실려 있어
  아직도 소금밭을 걷고 있는지, 목괴가 다 된
  느티나무 같은 老軀가 드리우고 있는 그늘 한 채
  살 다 발린 생선가시 같은, 저 그늘 한 채
  마당 깊은 집 같다
  代代의 유서가 서린, 보는 이의 옷깃을 여미게 하는
  그러나 무엇이 되고 싶은 것이 아니라, 그냥 있는 그대로의
  품을 넉넉히 열고 있는

섬말 시편

탱자나무考

이제 꽃 피어도 새 날아오지 않는 저 나무쯤 되리

썰물 때면 갯골 맨살 패이는 섬말에 와서

내 폐염전처럼 누웠지만, 세월의 무자위는 누가 밟지 않아도

저 혼자 돌아, 나를 일으켜 세우네

느티나무 같은 그늘 한 채 드리우라하네

그러나 가시로 금줄치고 저 혼자 서 있는 저 나무쯤 되리

가시연꽃은 가시 세워 화엄 같은 미소를 피워 올리지만

전신에 가시 울타리를 세워도, 하얀 밥풀같이 생긴 꽃

헌 장롱 위의 묵은 먼지처럼 퍼트려 놓아

누구 하나 거들떠보지도 않겠지만, 그래도 푸른 잎사귀 틔워

獨居 꼭꼭 잠근 단추처럼 열매를 매다는, 가지마다

신열 앓듯 굵은 가시 내밀어, 그 열매 익히는 나무쯤 되리

그 거처, 누구도 눈여겨보지 않겠지만, 날카로운 가시에 떠밀려

새 한 마리, 수확의 손길 하나 다가오지 않겠지만

가을이 되어도 그렇게 내미는 손 하나 없어, 빈혈이듯

노오랗게 익힌 열매를, 땅에 툭툭 떨어트려 놓겠지만

그 마당에는 해열제를 달이는 약탕기 혼자 끓고 있으리

그 모습마저 허물어진 폐염전처럼 보일지라도

바자울에 기대다

가시 돋은 연꽃이 있다기에 연꽃 마을*에 가서

가시연을 보고 온 날, 제 몸의 털 다 세워도 올올한

남루 하나 세워두지 못한 생, 갈대숲에 기대 놓는다

화엄은 사금파리로 부서지는 봄 햇살인지 눈이 부셔

천길 벼랑이듯 아찔해 눈 감으면, 가시 세워 피운 연꽃

그 자태가 더 눈에 따가워, 바람 속에 수천 수만의 몸뚱
이들

서로 부대끼며 견디는 갈대숲을 본다. 그 갈대 하나씩 떼
어 놓으면

바람 잠시 앉았다 갈 의자 하나 되지 못하지만, 수천 수만
의 몸

서로 얽혀 있으니 저렇게 바람을 견디는 울이 되는 구나

울타리가 되는 구나. 지난날의 산 일 번지 같은

그 密生이 눈물겨워 가만히 귀 기울이면, 무엇인가

수런거리는 소리 날갯짓 소리 알을 품고 부화의 순간을
기다리는

줄탁의 소리, 아, 화엄이 여기도 있었구나!

귀 떨어진 소반에 금간 그릇 두어 개뿐인 생이라도

저 울타리 안에서는 살아 있는 것이 되는구나. 빛나는 것
이 되는구나

야윈 몸끼리 서로 얽혀 만든 그 울이 갈대들의 연꽃이었
구나
　가시 돋은 연꽃도 보리의 꽃을 피운다기에, 연꽃 마을에
가서
　가시연을 보고 온 날, 제 생 다 허물어뜨려도 올올한
　남루 하나 세우지 못한 마음, 그 울에 기대어 놓는다
　햇살 눈부시게 고여 있는, 그 바자울에 기대 놓는다

*경기도 시흥시 하중동에 있는 연꽃단지

섬말 시편
睡蓮

水蓮이 아니라

睡蓮이어서, 들판의 갈대숲 헤치다 만난

작은 웅덩이 같은 연못을 찾는 날, 잦아졌다

물 위에, 마치 물의 꽃같이 핀 저 연꽃이

어째서 水蓮이 아니고 睡蓮인지

잎이 물 위에 눈꺼풀처럼 드리워져 있어

그런 이름을 지었겠지만, 그러나 말발굽처럼 생긴 잎이

누군가 물 위를 걸어간 발자국처럼 보여, 睡蓮이 아니라

水蓮으로 생각되는 날, 연못가에 앉아

수면 위에 징검돌을 놓듯 잎을 띄워놓은, 睡蓮을 본다

물처럼 흐르면 피지 않을 저 연잎들

흐르는 물에서는 줄기를 밀어 올리지 못, 연의 뿌리들

흐름이 부패를 씻는다지만

저렇게 고여서도, 그 부패를 썩히는 어떤 힘이

저 징검돌을 딛고 물 속으로 걸어 들어가

웅덩이 같은 바닥에 뿌리를 내려, 저리도 고운 꽃을 피우
고 있는 것일까?

작은 우산을 펴, 꽃의 방을 지어주고 있는 것일까?

그러나 내 시선은, 자꾸만 그 징검돌을 딛고 물 위를 걸
어가

들판 가득 바람에 서걱이는 갈대숲이 눈에 더 따가운 날
睡蓮이 아니라, 흐르는 水蓮이고 싶은 마음일 때
연못가에 앉아 있노라면, 마치 졸음처럼
그 발자국을 딛고 저벅저벅 물 속으로 걸어 들어가
뻘 속에 폐선처럼 박혀서도, 물의 눈꺼풀을 열고
저리도 고운 눈빛을 밀어 올리는
水蓮이 아니라
睡蓮이어서

가시랑차를 기다리며

한번도 본 적 없지만 가시랑차, 저 눈매처럼 흘러갔을 거라고

장난감 같은 동체에 소금 소복 담고, 좁은 선로 위를 뒤뚱거렸겠지만

속은, 등넝쿨처럼 전신을 비틀어 올리는 용버들 같은 모습이었을 거라고

내 상상해 보는 것은, 녹슨 선로도 뜯기고 침목도 뽑혀 나가고

지금은 빈 둑길로 남은 철길을 혼자 걷고 있기 때문이 아니라

둑길을 걷다 문득 홀로, 내 용버들처럼 서 있기 때문만이 아니라

벌판에 드문드문 놓인 소금 창고가 있는 곳이 정거장이었을

소금이 해오라기처럼 내려앉는 그곳이, 제 잠깐 머무는 노천 역이었을

가시랑차, 저 눈매에 잔주름만 남기고 아득히 흘러갔을 꿈처럼 느껴져

어쩌다 한번 울리는 기적소리도 숨차, 가파른 언덕 오르듯 헐떡거렸겠지만

그 기적소리, 고구마 꽃같이 매달지 않았을는지

몇 십 년을 농사지어도 한번 보기 어렵다는, 작은 나팔꽃처럼 생긴

고구마꽃, 한때 소래 염전의 염부들로 북적거렸다는 섬말

이 섬말의 막걸리집 주모였던 할머니의 눈에는

가시랑차, 한숨 소복 담은 밥그릇처럼 흘러갔겠지만

오랜 세월, 그 생애 속으로 수탈의 시간 또한 아프게 흘러갔겠지만

이제 남은 생마저 해오라기 한 마리 내려앉지 않는 갯벌 염전으로 변했지만

빈 둑길에 서서, 고구마꽃 같은 얼굴을 들고 서해 낙조에 젖고 있는 것은

가느다란 선로 위를 서툴게 뒤뚱거렸겠지만, 가시랑차, 누구도 모를

수줍은 그리움 소복 담겼던 세월처럼 느껴져, 그 가시랑차를 기다리며

불꽃이듯 전신을 뒤틀며 타오르고 있는 용버들 나무 아래

오늘도, 내 이렇게 서 있는 것은

섬말 시편
실잠자리 알

목백일홍 잎 뒤에 실잠자리 알이 맺혔다
눈에 잘 띄지도 않게, 가느다란 실낱 같은 끈에 매달린 알
엷은 잎 뒤에 몸 숨기고, 있는 듯 없는 듯 투명하게 맺혀
있다
작은 이슬방울이 흘러내리다 잠깐 멈춘 것 같은, 일별
같은
가늘고 연약한 끈의 끝에 매달린 알이, 토란잎 위의
빗방울처럼 곧 굴러 떨어질 듯 위태로워 보이지만, 끈은
끈질긴 접착으로, 잎의 毛孔에 깊게 뿌리박은 듯 맺혀
있다
저 가녀린 생명들을 낳아놓기 위해 실잠자리들은 잎에
앉아
아마 蓮을 심듯 했을 것이다. 두꺼운 장화 신고 뻘에 두
다리 박고
아이 팔뚝만한 연뿌리를 심듯, 힘겹게 허리 굽혔을 것이다
목백일홍의 가녀린 잎을 방풍막 삼아, 극소량의 우산을
들고
비바람을 피하며 부끄러운 듯 얼굴을 내민, 저 실잠자리
알들을 보면
사람들도 지구라는 이파리에 저렇게 맺혔을 거라고

아무리 가벼운 것들도 못의 뻘 속에 저렇게 연을 심듯 했
을 거라고
　생각하게 만드는, 그 미세한 떨림들을 보면
　卵皮가 너무 투명해 눈에 잘 띄지도 않는, 옅은, 그 흔적
들을 보면

연밭 앞에서

집 앞 논에 연뿌리가 심겨지더니, 싱그러운 연잎이 우산
처럼 펼쳐진다

논이 연밭이 되다니! 마치 〈蓮을 먹는 사람들의 나라〉[*]
에 온 것 같다

연꽃은 고궁이나 공원의 연못 같은 데서나 피는 줄 알았
는데

미운 오리 새끼가 갑자기 백조라도 된 듯, 시선이 온통 환
해진다

진흙 속에 묻힌 굵은 연뿌리가 밀어올린 꽃대도 주렴처
럼 드리워지면서

내 무지를 비웃듯, 청련 백련 홍련이 화사한 자태를 드러
낸다

연꽃이 연뿌리의 굵고 탐스러운 땀방울인 줄은 알고 있
었지만

연밥 또한, 그 땀방울이 익힌 더운 밥 한 그릇인 것도 알
고 있었지만

꽃이 저리 아름다우니, 뿌리는 뻘 속에서 해오라기처럼
서 있을 것 같다

우아한 목의 線은 뻘 속에 숨은 먹이를 향한 집중의 순간
이겠지만

꽃은 보는 사람에게 건네주고 오직 뿌리만 키우는 사람

뿌리 키워, 따뜻한 연밥 한 그릇 익히는 사람

그 연을 심은 사람이 연꽃 같아서, 연꽃은 고풍스런 池塘 같은 데서나 어울린다는

내 부끄러운 고정관념이, 싱그럽게 펼쳐진 우산 밑에 얼굴을 숨긴다

이제 이 우산 아래 들었으니, 비에 젖지는 않으려나

이 수렴청정의 우산 아래, 내 연의 뿌리처럼 들었으니

*오딧세이아 중에서. 이곳의 연을 먹으면 망각의 세계에서 살게 된다고 함

소금 창고 1

가령, 저 소금 창고를 폐허의 睡蓮이듯 바라보면 어떨까?

소래 벌판의 허물어진 갯벌 염전에 기우뚱 무너져 가고 있는 소금 창고를

벌판에 의자 하나 놓아두고 저것은 의자가 아니다!* 하는 눈으로 쳐다보면?

물론 飛蚊이겠지만, 손으로 지우면 어느새 손가락 사이로 빠져 나가는 눈의 얼룩이겠지만

그러나 벌판에 연기가 피어오르는 듯한 느낌, 어떻게 설명해야 할까?

만약 연기가 없다면 집과 나무와 호수는 얼마나 쓸쓸할까,* 하고 말해야 할까?

모든 풍경은 코끼리를 삼킨 보아뱀일 수도 있고, 모자일 수도 있겠지만

저 의자에 녹아 흐물흐물 해진 시계를 걸쳐 놓을 수도 있겠지만

한때, 小金이라 불리웠던 소금, 그 소금이 살았던 집

소금이 가구의 전부여서, 소금이 쌓일 때마다 소금강, 아니, 小金剛을 이루었을 소금창고ㅡ

지금은 갈대숲에 파묻혀 언젠가는 혼자 걸을 날이 올거라는 낯빛 같은

낙조에 젖어, 눈에 띄지 않게 조금씩 제 몸 허물어뜨리고
있지만

벽과 기둥을 이룬 굵은 통나무가 소금에 절여져서인지

벌레 먹히지 않고 낡아가고 있는 모습, 제법 의젓해 보
여서

어떤 날은, 바람의 흔들의자에 흔들흔들 앉은 듯 보여서

혼자 빈 벌판을 걷다 이렇게 소금 창고와 마주치는 일은

벌판이 낚시 바늘처럼 구부러지면서 미늘이 돋는 듯한
느낌이어서

허공에 새 한 마리 점 찍히는 듯한 느낌이어서

오늘은 저 소금 창고를 폐허의 물 위에 핀 睡蓮이듯 쳐다
보면 어떨까?

*브래히트의 시와 르네 마그리트의 〈이것은 파이프가 아니다〉에서 빌려옴

섬말 시편

오늘, 혹성 같은 혹 하나 붙였다

대체 저 얼굴을 어떻게 기록해야 할까?

갯골 생태공원 축제장에서 색색의 고무풍선 같은 아이들을 태우고 떠벅떠벅 둑길을 걷고 있는 노새를 본다

머리에 돋은 두 귀로 더듬더듬 숲 속의 푸른 길을 걷고 있는지

그 표정, 한껏 팔 벌려 까치집을 껴안고 있는 미루나무 같다

어느 순간, 까치집을 실크햇처럼 쓰고 있는 미루나무 같다

수탕나귀와 암말 사이에서 태어나, 생식 능력마저 잃어서인지

채 자라다 만 것 같은, 발육부진 같은 작은 몸통에, 그 몸통보다 더 길어 보이는 얼굴

한때, 염전에서 소금가마니를 실어 나르다가 지금은 갯골 둑길을 시계추처럼 오가며

힘겹게 수레를 끌고 있으면서도, 그 순하디 순한 얼굴로 다만 앞만 보면서

양 눈 옆을 가린 눈가리개 때문에 오로지 앞만 보면서

슬프면서도 무덤덤한, 무덤덤한 듯하면서도 깊은 우물 같은 눈빛

무슨 달팽이를 닮았는지, 배춧잎에 붙었는지 길에서 떨

어질 줄 모른다

　낯선 우주파 같다. 아니다. 간혹 울음소리 들은 것 같다

　아무 눈짓도 보내지 않는, 그러나 보내기도 전에 그 자리
에 있었을 것 같은

　눈빛, 여전히 점액질처럼 길쭉하게 흘러내려, 다시 다만
우직하게

　슬픔으로 더 길어 보이는 얼굴, 너무도 선하디 선하게 보여

　오늘, 혹성 같은 혹 하나 붙였다, 턱 밑에, 목울대 옆에

　쉿, 저 얼굴, 깨우지 마라. 오늘
　내 생에 붙은 이 혹, 떼질까 두렵다

흰동가리를 찾아서

 제주 문섬에 가면 산호초에 집짓고 흰동가리가 산다고
한다.
 같이 살던 암컷이 죽으면 수컷이 암컷으로 변한다는
 암컷으로 변해 알을 낳고 새끼들을 기른다는, 그 물고기
가 산다고 한다.
 산호초가 바자울이었을까? 그 물고기
 집 지은 산호초가 생의 속살까지 내비치는 바자울이어서
 마치 比目魚이듯, 그렇게 몸 바꾸어 만나는 것일까?
 짝지었던 한쪽이 죽으면 또 다른 짝을 만나면 될 터인데
 스스로 암컷으로 변해, 産苦를 견디며 부화의 순간을 기
다리다니!
 게와 물고기와 아이들이 서로 어울려 노는,[*] 그 그림 속
의 풍경처럼 살았겠다. 흰동가리라는 물고기
 새는, 두 개의 날개를 가지고 하늘을 난다지만
 그 두 개의 날개가 기실 한 몸이었음을 말해주는 것 같은
물고기
 집도의도 없는, 천의무봉한, 성전환 수술대에 누운
 이 우주의, 母胎 轉移가 너무 눈부시어
 눈부시어, 내 굳은 몸속에서도 파르라니 귀가 돋는 것
같아

귀가 돋아, 연잎처럼 잠의 푸른 우산을 씌워주는 것 같아

지금, 제주 문섬에 가면, 산호초에 집짓고 흰동가리가 산
다고 한다.

가슴 저린, 생의 母法을 은밀한 눈빛이듯 전해주는

그 물고기가 산다고 한다.

＊이중섭의 그림

나문재를 위하여

언제나 물기 질퍽한 갯벌에서 살아 늘 퉁퉁 불어 있는 것
같은
  햇볕 들면 소금기 허어옇게 드러나는 그곳에서 살아
  몸의 생김새도 염전에서 소금을 져 나르는 지게를 닮은
  생애 또한 짜디짠 염수를 밀어 올리는 무자위를 닮았는지
  퉁퉁 불어 있는 몸속은 언제나 소금기를 담고 있어
  쉬 녹슬고 풍화되는 소금창고 같은 모양을 하고 있지만
  사람들은 알까? 저것을 먹으면 피를 맑게 해준다는 것을
  일이 생을 맑게 하듯이, 몸속의 독소 또한 씻어준다는
것을
  비록 들의 쑥과 명아주 다 뜯어먹고, 산의 송기마저 다 벗
겨먹어
  이제 뭘 먹어야 하나? 하고 망연히 갯벌을 바라보는 세월
일 때
  그곳에 아직 파아랗게 돋아 있는 것이 보여, 기쁨에 겨워
  저기, 남은 것이 있네! 하고 소리쳐, 나문재로 불리웠다
지만
  갯물에 젖어 늘 퉁퉁 불어 있는 퉁퉁마디와, 볕 아래서
  살아 있기 위해, 몸 색깔 자꾸 바꾸는 칠면초와 이웃해 살
지만

한평생 척박한 염토를 일구며 살아, 일손 놓아 본 적 없는
사람

언제나 등에 소금꽃 허옇게 핀 염생식물 같은, 그 사람을
닮은

사람들은 알리, 얼핏 보면 뻘밭의 갈대숲처럼 허물어져
보이는 모습이지만

짜디짠 염수를 호흡해, 맑은 숨결 거르고 있는 저 한 생
을—

섬말 시편
松花

바람에 송화가루가 날린다

커튼이, 들키지 않으려고 몰래 내쉬는 숨결이 흔들린다.
창가에 숨어 살짝 바깥을 엿보고 있는, 봄의 初經 같다

부끄러운 낯빛으로 누구에겐가 말 걸기를 하는 것처럼,
바람 속에 서면, 보이지도 만져지지도 않는 미세한 흔적으
로 엷게 스며 나와, 그리움이듯 전신을 노랗게 물들이는 것

소나무 꽃가루, 송화―.

누구의 따듯한 눈빛 같다. 냉소가, 차갑게 결빙시킨 그
웃음이, 가면이라는 것을 알아서, 스스로를 가둔 감옥이라
는 것을 알아서, 그 가면을 찢으며 차가운 바람 속을
묵묵히 견디는 소나무,
그 침엽의 가지 끝에서, 섬모 같은 분말로 곱게 배어나와,
바람이 불 때마다 아무런 무게도 없는 무게로 흩날려와, 어
느새 자신의 체취를 물들이는

그 눈빛 같은 꽃가루, 송화―.

바람 속에 서면

들키지 않으려고 떨리는 눈꺼풀이, 잠이, 전신을 물들인
다. 창을 열면, 실내며 가구까지 노랗게 물들인다

무심코 발을 들여 놓으면, 몸에 찍히는 족적이듯 발바닥
에까지 묻어나온다

그래, 그 커튼을 열고 들어서면, 그리움의 방일 것이다

잎을, 날카로운 가시로 만들어 사막을 살아가는 선인장의
몸속에 고인 물이, 눈물이라는 글이 가슴 뭉클해지는 오늘

오늘은, 한나절쯤 그 방에서 무릎잠이라도 자야겠다

섬말 시편
게집

저 집, 무슨 헐거 같다
뻘 속에 구멍을 뚫고 사는 게의 집 같다

두 손은 집게발처럼 변했다
굽은 허리가, 원인류처럼, 가슴이 땅바닥에 닿을 듯이 굽어
게처럼 낮아지는 모습이, 미토콘트리아의 몸으로 되돌아가는 듯이 보이지만
그는 잠시도 쉬지 않는다. 돌연장을 쥐고
열매의 껍질을 깨트리듯, 늘 무언가를 하며 꼼지락거린다
일이 없는 날은 들판에 버려진 비료 포대며 빈 농약병까지 주워와
집안 곳곳에 차곡차곡 쌓아둔다. 갑각처럼
견고히 얹어놓은 시멘트 기와도 흙먼지와 함께 부스러져 내리지만
집안 구석구석 그렇게 폐품창고로 만들어 놓았지만
지나가는 시선에는 눈길 한 번 주지 않는다. 이 세상에서 오직 혼자인 것처럼 홀로
이게 집이야? 하며 찌푸린 얼굴로 누가 쳐다보든 말든
그는 오직 자신의 일에만 열중한다

일생동안 얼마나 일에 짓눌렸으면…… 누군가는 혀를 차
지만
　일 중독증에 걸린 정신병자 취급을 하지만
　그러나 일에 열중해 있을 때의 그의 얼굴은
　배 위에 조개를 올려놓고, 물 위에 누워, 돌을 쥐고
　그 조개의 딱딱한 껍질을 깨트려, 부드러운 속살을 꺼내
먹고 있는
　수달처럼, 평화로워 보인다. 한가해 보인다

　저 집,
　뻘 속에 사는 게의 집처럼 낮아져 있지만

　허리 굽은 두 손은, 집게발처럼 변해 있지만

烏耳島 1

까마귀 귀처럼 생긴 섬이라기에, 까마귀 귀라니? 언제 까마귀에게도 귀가 있었나? 하면서도, 없는 귀, 까마귀의 귀처럼 생긴 섬이라는 뜻의 오이도 찾아간다. 쥐의 뿔이 없듯이 까마귀에게도 돋아난 귀가 없겠지만, 사람처럼 귀가 달린 까마귀를 상상하며 찾아가는 일은, 매번 겨드랑이에 날개가 돋는 듯한 느낌이어서, 그 느낌에 없는 귀의 삽을 박는 내 徒勞가 물컹하지만, 까마귀의 귀는커녕 섬 하나 없는, 썰물 때면 시커먼 뻘밭에 갯바위만 제멋대로 돌출해 있는, 해안가에 줄지어선 횟집이며 인파에 갈대처럼 부대끼면서도 그곳을 찾아간다. 찾아가, 서해의 낙조 앞에 서보기도 한다. 왜 옛사람들은 이곳을 오이도라 이름 붙였을까? 지난날에는 이곳이 까마귀 귀처럼 생겼던 것일까? 어리석은 반문도 해보며, 사람의 귀처럼 귀가 돋은, 그 귀를 닮은 섬을 상상하는 일은 또 매번 몸 푸르게 젖는 느낌이어서, 없는 귀, 까마귀의 귀를 떠올리는 것만으로도 서해의 흔한 落島 중의 하나였을 이곳이 波市처럼 일렁이기도 한다. 홀로 외떨어져, 보이지 않음으로써 더 신비로운 섬, 이어도처럼 느껴지기도 한다. 쥐에게 뿔이 없듯이 없는 귀의 까마귀 귀를 닮은 섬, 오이도를 찾아가는 일은, 매번 실망을 하면서도 겨드랑이에 날개가 돋는 듯한 그 느낌에 젖는 일이어서.

마른 귀

  하늘밭을 경작하던 새들이 빈들에 내려앉는다 내려앉아 추수 끝난 들판에 흩어져 있는 이삭들을 줍는다 하늘밭을 일구면 땅에는 이삭이 돋는가 들에는 곡식이 익는가 솔바람 소리가 지나가다 들의 미루나무에 옷을 걸어놓는다 산그늘이 팔베개로 저수지의 물 위에 눕는다 다시 새들이 허공으로 날아오른다 날아올라 빈 호미질로 구름 이랑마다 북을 돋운다 북을 돋워 저 새도 배가 고프면 땅에 내려앉아야 한다는 땅에 내려앉아 이삭을 주워 먹어야 한다는 생각의 잔뿌리를 덮는다 밑뿌리는 더 깊게 묻는다 내 마른 귀가 떨어진다 다시 새들이 추수 끝낸 빈들에 내려앉는다

Ⅱ

섬말 시편
바자울

露骨같네
맑은 이슬의 뼈 같네

제 몸의 물기란 물기 다 말리며, 뼈 하나로 서서
울타리도 못되는 울타리로 서 있는 것
마당이란, 안의 바깥이며 바깥의 안이라고 하지만
안과 밖의 경계도 지우며 울타리가 되어 주고 있는 것
그 울타리가 소담스레 피워놓은 마당가에는
고요만이 빈 장독처럼 놓여 있겠지만
거기 앉아 맑게 트인 하늘을 쳐다보는 일은
아직도 물렁한 바위를 딛고 가는 중생대의 쓸쓸한 노을
빛 같겠지만
벌판 가에 버려지듯 놓인 컨테이너집을 두르고 있는
바자울이, 저 갈대로 엮은 울타리가
마치 가늘게 뛰는 심장을 보듬어 안은 야윈 늑골처럼 보여
돌아보면, 돌의 살에 파묻혀 수억 년을 견디는 물고기의
뼈도 있지만
제 몸 차갑게 얼려 누대의 빙하를 건너오는 물고기도 있
지만
햇살의 화석이 되어 겨우 한 철 견디는, 그 햇살 벗겨내면

빈손이듯 도드라지는 形骸밖에 없겠지만
　마당 한 바구니 가득 햇살 입히면, 살아 있는 것이 되는—
　빛나는 것이 되는— 저 갈대로 엮은 울타리, 바자울이

　露骨같네
　맑은 이슬의 뼈 같네

억새

억새밭이다

은발의 머리칼이 맑다

아무리 바람 불어 흔들려도

발자국을 訥印처럼 찍을 줄 아는 이의 눈빛이다

무엇에도 무게 지우지 않는 마른 나뭇잎 모양의 발걸음을 가졌다

제 가슴뼈 밑 어느 곳에 새의 알이 놓여 있는지

등뼈 어느 틈에 새의 집이 지어져 있는지 알기 때문이다

그러므로 바람 부는 날에는 스스로 엮여 울타리가 된다

바자울 같은, 울타리가 아닌 울타리가 되어, 알을 품은

새의 깃털 같은 포란의 형식이 된다

그때, 은발은 그대가 하루치의 탁발을 끝내고 좁장한 골목을 걸어올 때

골목의 어두움과 창문의 불빛들이 서로 맞물려, 굽은 등을 쪼을 때

부끄러운 듯 문을 열고 나오는 新婚의 마중이듯, 환하다

골목을 아무렇게나 뒹굴던 돌들도 푸드득 날갯짓 소리를 낸다

그것 또한 부화를 기다리는 새의 포란 같은 것이어서, 방금 독에서 꺼낸

싱싱한 김치와 더운 김을 피워 올리는 된장찌개이듯, 일몰과

노을이 밥상 위에 얹힌다. 그러므로 그대는 이미 전생애로 깨닫는다

억새밭에 들 땐 발자국 하나가 왜 訥印처럼 찍혀지는지를

점자를 더듬듯 안타까워지는지를. 그리고 그대는 안다. 억새밭에 들 땐

발자국 하나도 새가 알을 품듯 해야 된다는 것을

발걸음 하나도 알을 품은 새의 깃털처럼 따뜻해야 된다는 것을

억새밭이다

자신의 생을 마른 나뭇잎 모양으로 만들 줄 아는 이의 눈빛이 맑다

은발이 바람에 젖는다

이상 난동

겨울 숲길에 한 나무가 꽃을 피우고 서 있다

다른 나무들은 잎 다 떨구고 裸木으로 섰는데

유독 그 나무만 꽃을 피워들고 서 있다

가지에 새로 난 잎까지 몇 잎 달았다

정신 나간 나무가 아니다

치매를 앓는 나무도 아니다

지구 온난화가 세워놓은 경고판도 아니다

꺼진 방구들을 걱정해 겨울 언 강을 두 손 호호 불며 건너오는 얼굴이다

그 두 손에 방금 구운 군고구마가 들려 있다

양 무릎 사이에 , 담요 한 장으로 덮어놓은 새벽 장바닥의 연탄처럼 따뜻하다

그 연탄불에 익힌 두 손바닥으로 언 볼을 감싸주는 것 같다

나무들이 잎 다 떨군 지 오래인 겨울 숲길, 일생을 버티게 해 준 그 기억으로

한 나무가 꽃을 피우고 서 있다

異常이 아니다. 추운 하루

하루의 등뼈가 되어 준

煖冬이다

섬말 시편
실젖

실젖이란다

거미가 몸에서 줄을 뽑아내는 부분을 실젖이라고 부른
단다

실젖이라니! 그것은 가난한 어미의 마른 젖에 대한 수사
가 아닌가

그 젖에서 흘러나오는 슬픔에 대한 또 다른 이름이 아닌가

젖꼭지도 乳線도 없는 거미의 몸에 저런 눈물겨운 母稱
이 붙어 있다니!

그러나 실젖, 하고 가만히 발음해보면

고치를 지어 자신의 몸을 둥글게 만 누에의 것도 실젖이
어서

그 거미줄로, 둥글고 말랑한 고치를 짓고 싶어진다

그러면 고치의 집 속에는 羽化의 몸짓이 웅크리고 있으
리니

그때, 실젖은 거미의 몸에 붙은 꽃눈이겠다

거미집을 맑고 투명한 꽃으로 피우는 꽃자리이겠다

몸속에 고여 있을 때는 연한 액체지만

몸 바깥으로 흘러나오는 순간, 돌처럼 굳는, 고체가 되는

거미줄이, 슬픔의 발을 씻어주는 洗足의 물이 될 것 같다

실젖이란다

젖꼭지도 乳線도 없지만, 그 부드러움에 가만히 입술을
대면

너무 가늘어서 細雨라고 부르는, 봄비에 젖는 느낌이어서

제비와 겨루다

섬에 살 때,

비만 오면 요란스러운 양철 지붕 밑으로 무시로 제비들이 날아들었다. 그런데 어쩐 일인지 제비들은 빈집에는 둥지를 틀지 않았다. 꼭 사람이 사는, 인적기가 있는 집의 처마 밑에 집을 지었다. 어떤 제비는 한사코 방문 위의 흙벽에 집을 짓고는 마치 해우소인양 마루 위에 배설물을 떨어트려 놓곤 해, 그것이 귀찮아 작은 사각 판자를 잘라 바깥 기둥에 둥지판을 만들어주어도 그것은 쳐다보지도 않고, 고집스레 사람이 드나드는 방문 위나 마루의 벽에 둥지를 짓는 것이었다. 대체 제비들이 왜 이러나! 제발 저 빈 집에 가서 살면 안 되나! 싶어 그 둥지를 통째로 들어내어 작은 사각의 둥지판 위로 옮겨놓자, 제비들은 한동안 왜 허락도 없이 남의 집을 옮겼냐며 마당의 빨랫줄에 앉아, 잔소리를 하듯, 힐난하듯 시끄럽게 짖어대다가, 옮겨놓은 둥지는 쳐다보지도 않고 뜯긴 본래의 집 자리에 다시 집을 짓는 것이었다. 열심히, 진흙과 지푸라기를 물어 나르며— 어떤 徒勞도 불사하겠다는 듯—.

그 실랑이에 지쳐 에라 모르겠다. 니 마음대로 해라! 싶어 그대로 놓아두었더니

어느 날, 둥지에는 갓 태어난 새끼들이 노오란 개나리 꽃잎 같은
주둥이를 한껏 벌려 어미가 물어다주는 먹이를 받아먹고 있었다

다음 해, 그 다음 해에도 제비는──, 그렇게 사람 사는 집에만 날아들었다

결코 사람이 살지 않는 빈 집에는 둥지를 틀지 않았다

섬말 시편
장미 序說

빈 마당의 낮은 울타리가 쓸쓸해 보여 넝쿨 장미 한 그루를 심었더니, 유월 아침, 싱그럽게 이슬 머금고 장미꽃이 피었다

내 무모한 생활에서는 꽃이 祭物 같은 것이었는지, 제삿날 밤 밝혀 놓은 촛불처럼 맑고 은은하다

그러고 보니 날아드는 벌이며 나비며 하늘을 흐르는 구름이며 바람이, 홍동백서 조율이시 마당 가득 진설되어 있느니

내 무릎 꿇고 유세차를 읊조리며 두 손 모아 제를 올리는 심정이어서, 잠이여, 제발 내 눈꺼풀을 짓누르지 말기를

잠의 무거운 돌을 달아, 자정이 가까운 밤 제사가 끝나기를 기다려 눈꺼풀에 매달려오는 졸음을 밀쳐내며 밀쳐내며

촛불의 은은한 빛이며 혼곤한 木香의 연기며 방안 가득 어리어 있는 엄숙함에 취해 있는, 내 눈꺼풀을 밀어올리며 밀어올리며

탕국이며 산적이며 빛 고운 과일 같은 갖가지 음식도 그러하지만, 冠 모양으로 곱게 빚어 역시 冠 모양으로 祭器에 담아 놓은 삶은 계란의 부드럽고 흰 속살의 탐스러움은

어린 나를 황홀하게 했느니, 잠 못 이루게 했느니

지금, 祭床을 차릴 날마저 아득히 잃은 내 무모한 생활 앞에서, 燒紙처럼 망연히 흐르기만 하다가

빈 마당의 낮은 울타리에 장미 한 그루라도 심느니 부디 넝쿨 뻗어 숲을 이루어라, 유월의 장미여, 울컥 목울대에 맺히는 통증 같은 것이여

섬말 시편
미늘

飛蚊같겠지만… 사그라져도 흔적도 남지 않을 눈의 얼룩 같겠지만… 저것은 미늘입니다. 낚시 바늘이 감추고 있는 또 하나의 낚시 바늘, 미늘입니다. 미늘이란, 한 끼의 식사, 거부할 수 없는 미끼를 목젖처럼 매달고 공복의 헛간, 불안으로 삐걱거리는 늑골의 마루 밑에 놓인, 한 번 물면 뼈가 끊어지기 전까지 놓지 않는, 목구멍 속에 깊이를 알 수 없는 덫을 감춘 입, 입 같은 것이지만, 그래, 그 미늘이, 시장에서 사온 한 봉지 마른 멸치 속에서 발견된 海馬처럼, 탄성을 터트리게 하는 날이 있습니다. 하루를 돌고래처럼 튀어 오르게 하는 날이 있습니다. 벌판에서 갈대가 가느다란 줄기에 새의 둥지를 매달고 힘겹게 몸 기울이고 있는 것을 본 날입니다. 그 모습이 낚시 바늘 같아, 그 새의 둥지가 갈대의 낚시 바늘 끝에 돋은 미늘처럼 보여, 쬐그만, 새끼 용 모습을 닮은, 아직도 진화하지 못한 원생동물의 모습을 그대로 간직한, 지느러미도 없는, 줄 없는 하프 모양으로 서서 산호초 사이를 음률처럼 흘러 다녔을 귀엽고 앙증스러운 海馬처럼 보여, 물론 飛蚊, 아니, 飛紋일 수도 있겠지만… 그 갈대가 낚시 바늘처럼 보이는 날입니다. 새의 둥지가 미늘처럼 보이는 날입니다

섬말 시편
꽃눈

내가 하나의 가지를 자르는 일은, 나무에 바람과 햇빛을
잘 들게 하기 위함이겠으나

바람과 햇빛을 불러들여, 더 좋은 열매를 맺게 하기 위함
이겠으나

오늘, 잘린 가지를 꽃병에 꽂아주는 저 마음을 얻겠네

비록 가을을 잃은 꽃이지만, 먼 遠雷처럼, 지층에 묻힌 화
석처럼 열매를 놓아버린 것이지만

거실의 창가에, 햇빛 환한 탁자 위에 놓아두는, 그 마음을
얻겠네

열매의 좋은 과육과 빛깔을 위해 剪枝는 필요한 것이지만

나무 스스로도 열매를 맺지 못하는 가지는 말려 떨어트
리지만

겨우내 키워 올린 가지는, 더 많은 꽃과 열매를 얻기 위한
나무의 열망 같은 것이어서

나는 전지가위를 들기도 전에 사람과 나무 사이의 불화
를 예감하지만

지우고 버리므로서 윤곽을 드러내는 수묵의 圖上이거나

단순한 禪的 구도의 선을 상상한 듯이, 내 전지가위가 지
나간 자리

언제나 텅 빈 여백만이 먹물 번지듯 스며나와, 그리하여

내 무관심의 시선이 차가운 물처럼 스쳐간 것 같을 때

잘린 가지마다 맺힌 꽃눈이 아까워 한 웅큼 모아들고, 가만히 꽃병에 꽂아주는, 그 마음의 꽃눈을 얻겠네

나무와 나무 사이, 가지와 나 사이, 그 휑한 空洞을 드나드는 바람과 햇빛이 쓸쓸해 보일 때

도화빛 꽃의 방을 밝히던 나무의 물관부도 끊겨

이제 막 움트려는 잎들마저 아무 의미 없이 매달려 있는 것 같을 때

그 여백을 메울, 저 꽃들의 망치질을 깨워

그 빈 공간을 초록 화폐로 바꿀 눈들을 깨워

섬말 시편
붉다

뒤울에 아무렇게나 놓아기르던 닭이, 활짝 나래를 펴고 높은 나뭇가지 위로 날아오른다. 날아올라, 새처럼 둥지를 짓고 알을 품고 있다

세상에, 닭이 어떻게 저 높은 나뭇가지 위로 날아올랐을까? 놀란 눈으로 쳐다보게 하지만, 그렇다. 우리는 닭의 날개를 잊었었다. 새의 종족임을 잊었었다

방목은, 때로 이런 예기치 않은 비상을, 도약을 낳는다

사람의 손이 닿지 않는 높은 나뭇가지 위로 날아올라 둥지에 웅크리고 있는 모습, 이 알만큼은 누구의 손도 빌리지 않고 자신이 날개를 달아주고 싶다는 듯

알을 품고 있는 모습, 마치 장미의 넝쿨이 힘껏 팔을 뻗어 꽃을 움켜쥐고 있는 것 같다

지난날, 어린 눈을 황홀하게 했던, 冠모양으로 곱게 빚어 祭床 위에 올려놓았던 삶은 계란의 흰 속살처럼 탐스럽다

새벽을 깨우는, 청아한 母音이 들리는 것 같다

잠결에, 마을도 산도 포근히 등줄기를 낮출 것 같다

닭이 활짝 나래를 펴고 높은 나뭇가지 위로 날아오른다

비상이, 그 도약이 꽃처럼 붉다

볕뉘

나뭇잎 사이로 설핏 빛살들이 얼비친다

그늘진 곳으로 스며드는 가느다란 햇볕 줄기들

과즙이 흐르는 여름을 담아오는 하얀 손들 같다

어쩌면 초록의 부드러운 섬유질로 가시철망 울타리를 기어가 날카로운 가시를 껴안고 있는 것

가시를 껴안고 꽃 한송이 움켜쥐고 있는 것

그것은 마치 딜(deal)*처럼, 애원하는 자의 눈빛이 머물러 집어등처럼 환히 빛나는 것이겠지만

어머니들에겐, 온종일 채석장에서 돌을 깨서라도 맞바꾸고 싶은 꽃그늘이어서

가슴 환한 두근거림이어서, 나뭇잎 사이로 얼핏 비쳐드는 낚싯바늘 하나 담겨있지 않은, 그 한 줄기 빛!에

가만히 등 기대고 누운 어머니들의 사잇잠을 보는 것 같다

그 볕 그늘에, 미간 살풋 주름 없은 풋잠까지 달아보여

나무그늘로 스며든 볕 그림자 물결무늬로 어룽져와

꽃잠 같다

아니, 꽃蠶

그것도 아니면, 얼굴 발그라니 신혼의 시간 또 물드는지

꽃簪 같은 것

치마허리 질끈 동여매고 채석장 바닥에 주저앉아 손바닥

이 부르트도록 망치질을 해서라도

　　마른 乳腺에 젖이 돌게 해야 할, 아이가 아직 옆구리에 매
달려 있는 지

　　닳고 닳아, 가을잎처럼 엷고 투명해져가는 매미울음소리
들리는

　　여름 한낮

*베르나르마리 콜테즈의 『목화밭의 고독 속에서』

침향목

침향목은, 뻘 속에 묻혀서도 썩지 않는 나무. 썩기는커녕 두드리면 쇳소리가 울리도록 단단해져서, 그 단단함으로 마치 날개를 단 것처럼 가볍게 물위를 떠오르는 나무. 저물녘, 대숲으로 자욱이 되새 떼가 스며들 듯이 향이 배어들어, 태워도 그을음 한 점 일지 않는 나뭇결의, 香木이 되는 나무.

대체 개펄 속의 어떤 성분이, 발효가, 나무를 썩히지 않는 것인지

수정처럼 맑은 목질의, 향목으로 되살아나게 하는 것인지

揖木은, 제 몸 썩혀 버섯의 집이 되어주는 나무지만

맑고 단단해진 목질로 몇 백 년을 흘러도 향이 더 짙어지는 나무, 沈香木—.

그 푸르른 발효는, 배어드는 소금기의 結晶으로 장을 담근 것 같아, 노을 태운 저녁으로 숯을 띄운 것 같아

가지도 뿌리도 잘린 나무의 토막으로 늪의 무덤 속에 누웠어도, 게공이 생기고 백화현상 같은 석화의 집이 되어 지

상에서 배어든 모든 초록들 降雪처럼 내리고, 폐염전에서
무너져가는 소금창고처럼 뼈마디마다 노을 타오르는 줄 알
았는데, 더 짙은 향의, 태워도 그을음 한 점 묻어나지 않는
나뭇결로 되살아나는 것은

　오랜 기다림의 볕뉘가 늪의 그늘 속으로 비쳐든 때문일
까?
　그 긴 기다림의 몰입이, 향으로 스며든 것일까?

　저 沈香—, 마치 飛天이듯, 늪의 무덤 속에서도 저렇게 살
아 오르는 것은—.

소금창고 2

얼마나 구름의 소금밭을 걸어왔는지 틀어지고 해진

낮달처럼, 몸뚱이는 빠져나가고 남은 허물 같지만

저물 무렵, 혼자 벌판을 걷다가 무너져가는 소금창고가

저녁노을에 젖어 있는 모습을 보면, 황홀해진다

자신의 쓰러질 때를 알아, 최후로, 확 꽃을 피우는 것 같

은 모습은

아득한 山頂에서 홀로 구름바다 위에 서 있는 고사목을

보는 것처럼, 발걸음을 멈추게 한다

오랜 세월, 염전의 직사광선에 노출돼 피부암이

허연 백반증이, 무슨 얼룩처럼 번져 있는 얼굴이지만

뼈마디 마다 젖어 흐르는 노을이, 이글이글 불의 형상으

로 채색된 해바라기가 타오르는 것 같아

그 해바라기 한 송이를, 저문 내 산책길에 쥐어주는 것

같아

나는 순간, 아뜩해진다. 해바라기를 쟁기 삼아

牧牛처럼, 노을의 밭을 경작하게 한다. 어떤 희망도

되새김질 하게 한다. 최후로, 저렇게 확 불타오를 수 있

다면

불타올라, 그대에게 해바라기 한 송이를 건네 줄 수 있

다면

그래서 어떤 길 잃은 자도 눈을 뜰 수 있다면, 그때

노을은 이미 종교일 것이다. 내 광신은, 牧牛의 부드러운 혀처럼

부은 당신의 발등을 오래 오래 핥을 것이다. 그래, 洗足禮이듯

저물 무렵, 이렇게 무너져 가는 소금창고가 있는 벌판을 걷다가

저녁노을을 만나면 황홀해진다. 그때는 누구나 아득한 山頂의

구름바다 위에 서 있는 고사목이어서, 스스로 경건해질 것이므로……

월곶에서

애야, 월곶을 기억해야 한다. 곶이란, 육지가 바다 쪽으로
가느다랗게 뻗어 있는 곳, 그러므로 월곶이란, 달이
  그것도 초승달이 놓여 있는 모습이어서, 마치 그리움이
  살며시 고개를 기울이고 있는 것 같았지. 그러면 그 눈
가에서
  기러기가 날아 왔단다. 서해의 출렁이는 물결의
  춤인 것처럼. 저녁노을에 촉촉이 젖은 그 눈빛에서. 바
람이
  갈대밭을 지날 때, 누군가의 귓가에 속삭이는 것처럼. 그
러면
  곶은, 낚싯바늘의 형상이 되곤 했단다. 그 언월형은
  가난한 어촌의 야윈 꿈같았지만. 그것이 안아 올리는 것은
  언제나 둥그런 만월—, 그것은 곶이 그물을 내리듯 등을
굽힌 채
  바다를 껴안은, 포옹의 형식이었기 때문이란다. 애야, 물
이 얼면
  얼음이 되고, 그 얼음덩이를 彫刻한 것이 형상이라지만,
지금은
  배들조차 마네킹처럼 흔들리는, 콘크리트로 잘 축조된
포구에

너를 청둥오리처럼 앉혀 놓았지만, 이곳이 한 때 갈대숲
이었고

　게들의 아파트들이 갈대숲 속에 부끄러운 듯 숨은 조그
만 웅덩이 같은

　연못의, 수련의 잎처럼 피어 있었다는 것을, 밤이면

　물고기의 모텔들이 별의 불빛을 켜고 반짝였다는 것을,
또 그 너머

　염전에서는 소금이 백로처럼 내려앉았고, 한낮의

　무자위는 고요를 퍼올려, 소금창고에 가득 채워놓곤 했
다는 것을

　月串이, 그 그리움에 돋는 미늘이듯 달이 정박하던 곳이
었다는 것을

섬말 시편

백로, 혹은 白露

백로가 발자국도 없이 물에 내려앉는다

무중력이듯 사뿐히, 두 발을 담근 물은 파문 하나 일으키지 않는다

착지의 날갯짓은 구름처럼 가볍다

그 투명한 가벼움으로 백로는, 마치 자신의 존재가 증발된 듯

물 위에 비친 구름이듯 고요하다. 눈처럼 희다

물속에서 올려다보면, 정말 흰 구름처럼 흐를 것 같다

가늘고 가벼운 다리는, 물속의 蓮의 줄기나 수초처럼 보이겠다

그렇게 구름이 흐르듯 백로의 긴 목이 우아한 線을 나타낸다

고요하고, 길게 늘어나는 목을 가진 백로

그 목 또한 물속에서 보면 구름이 흐르는 것 같겠다

그러나 그렇게 생각하는 순간, 백로의 목이 길고 고요하게 늘어나

먹이를 향해, 물의 얕은 파문도 감지하는 물고기를 향해

소리 없이 다가와, 정확히 물고기의 목을 물고 있다. 삼키고 있다

다시, 고요히 움츠러들어 먼 산을 바라보는 듯한 자태가

되는 백로의 목

　백로가 발자국 하나 남기지 않고 물을 걷는다

　가는 나뭇가지처럼 보일 다리는, 물방울 하나 떨어트리
지 않는다

　백로가, 白露 같다

　연잎 위에 고인 이슬처럼 차고 투명하다

물방울 꽃

비 온 뒤, 거미줄에 물방울들이 맺혀 있다. 물방울들은 새소리에 깨어난 아침의 눈빛처럼 맑다. 울타리를 뻗어가는 장미의 넝쿨에 핀 꽃이, 스밈의 팽창, 어쩔 수 없는 분출이듯이, 거미줄이 그토록 움켜쥐고 싶었던 꽃을 피워 놓은 것 같다. 햇빛 비치면 흔적도 없이 증발될 투명한 물방울의 꽃이지만, 거미줄이 일생동안 찾아 헤매던 로즈 버드가 피어오른 것 같다. 하여, 어쩌면 비를 맞으며 거미줄의 중심에 웅크린 거미는, 우주를 훔치는 도둑이 되고 싶었을 것 같다. 물방울은, 그 집을 짓기 위해 얹어 놓은 돌 하나, 벽돌 한 장 같기도 하다. 아무런 주저함도 없이, 제 생의 본래 면목을 건축했을 거미줄, 그 거미줄 속의 스밈의 팽창이 어쩔 수 없이 터트려 놓은 듯한 물방울의 꽃, 꽃들.

비 온 뒤, 숲의 거미줄에 맑은 물방울이 맺혀 있다
그래도 거미줄은, 내게 좀 더 빛을! 하고 내민 손 같다

섬말 시편
포란

한 여름 내내 마당을 밝히던 꽃나무도 꽃들을 떨구고 난
뒤, 잎들도 기진한 듯 축 늘어져 있어
다가가 보니, 잎들마다 고치처럼 말려 말라가고 있다
저것도 마름의 형식? 꽃나무 아래 떨어진 잎을 주워 펴
보니
그 속에도 마른 잎인 듯, 羽化가 벗어두고 간 허물이 후줄
그레 놓여 있다
그러고 보니, 저 말린 잎들은 벌레의 産室이었던 것
알들의 방이었던 것
자신을 고치처럼 도르르 만 것은, 나뭇잎의 포란의 몸짓
이었던 것

그것은 바구니에 담겨 강물을 떠내려가는 아기를 안아
올리는 손길 같은 것이어서
건너편 폐가도 잠시 환해 보인다. 저 빈집은 어떤 羽化가
벗어두고 간 것인지

벌써 가을이 와, 자신의 떨어질 때를 알아
그 잎으로 한 생의 집이 되어 준다면
배추나방 같은, 보잘 것 없는 것의 비가림막이라도 되어

준다면
　얼마나 뿌듯했을까, 그 마름이—
　落下가—
　허물이—

　그 말라가는 힘으로, 알의 침실이 되어 주기 위해 잎주먹
을 꼬옥 쥐었다면
　물결주름 도르르 말린 잎으로, 촛불의 심지라도 돋우었
다면

　이 가을을, 凋落이 아니라 포란의 계절로 만들었다면

이슬의 눈

저것 봐!
아침, 숲의 거미줄에 맑게 맺혀 있는 물방울들을
거미가 하나씩 땅에 떨어트리고 있네
마치 두 손바닥을 오므려 샘물을 뜨듯, 앞발을 모아 포옥
떠서
혹은, 이빨로 콕, 깨물어 터트려서, 아래로 떨어트리고
있네
꼭 마당으로 굴러들어 온 귀찮은 돌멩이를 치우는 것 같네
아니, 씨알이 튼실히 영글도록 감자꽃밭에서
감자꽃을 따주는, 摘花의 손길 같네
그러니까 거미는, 숲의 아침, 맑게 거미줄에 맺힌 물방울
들이
그 투명하고 영롱하게 핀 물방울꽃들이
녹으면 물이 되어 흘러내리는, 물이 되어 흘러내려
새 꽃 물고기 같은 형상들을 지우고, 무정형의, 물의 본래
의 얼굴로 되돌아가는
얼음 彫刻 같은 것이란 것을, 알고 있는 듯한 눈빛이어서
비 온 후, 아침에 거미줄에 맺혀 있는 거미가
이슬의 눈처럼 맑네

III

바위의 첼로

저기, 바위에 기대 바위처럼 변해 있는 나무가 있네

마치 돌의 몸이 기억하는 어떤 기호가, 印象이, 돋을새김
된 것처럼

나무이면서 바위에 접골돼 바위의, 척추가 되어 있는 듯
한 나무

대체 얼마나 오랜 세월 바위에 기대 있으면 저런 무늬를
띠는 것인지

그 浮彫는, 무슨 암각화 같지만 로스코 동굴의 수수께끼
벽화 같기도 하지만

새 날아와 앉을 가지도 꽃도 돌의 빛깔로 굳어 있어도, 저
완고한 응고 속에서

내재율이 두근거림이 動悸가 물결처럼 음악처럼 번져 흐
르는 것 같아

그래, 저 나무—. 바위의 악기라고 해야겠네

그 악기에서 아름다운 새가 날아와 돌의 벽을 허물고 있
다고 해야겠네

혹은 시 치료를 하고 있다고 해야 할까? 아니면, 바쁜 일
상에 쫓겨 돌처럼 굳어가는 사람들을 위해

거리에서 첼로를 켜는 연주자를 닮았다고 해야 할까?

그렇게 뿌리는 땅에 묻고 산의 절벽의 암반에 기대 자라

며, 바위의 힘줄인 듯 근육인 듯 꿈틀거리는 나무를 보면

그 살아 꿈틀거리는 목질이 바위의 絃 같은 형상을 띠어

잎은 음표처럼 나부껴 보여, 돌의 표면에

시를 써야 할 아무런 이유가 없는데도 쓰여지는 시처럼 떠올라

바위의 데드마스크를 새기고 있는, 저 송악이라는 나무의 문양—.

그 얽힌 가지 한 행, 한 획이 거대한 침묵의 행간까지 휘감아 올라

두 팔 벌려, 흙의 정관이 잘리면 바위가 된다는, 내 굳은 사유마저 부드럽게 껴안고 있는 것 같아

그래, 누가 연주하지 않아도 돌의 숨결이 파문 지는 것 같은

굳은 가슴이 오르내리는 것 같은, 저 바위의 악기에서

마치 아름다운 새가 날아와 내 벽돌담장을 허무는 것 같아서*

그 돌의 벽을 쪼는 부리의 음률이 시라고 말하는 것 같아서

바위의 첼로—, 그 돌의 몸이 연주하는 어떤 기호가— 印象이—.

82

*쇼생크 탈출이라는 영화를 보면 어느 날, 돌처럼 굳은 이 교도소 안에 오페라 〈피가로의 결혼〉의 매혹적인 선율이 흘러나온다. 그 음악을 들은 죄수들은 그 자리에 얼어붙어버린다. 그리고 훗날 그 때를 회상하며 한 죄수는 말한다. ─마치 아름다운 새가 날아와 내 벽돌 담장을 허무는 것 같았지, 라고.

다시, 송악 앞에서

어떻게 저것이 나무일 수 있을까?

일생을 바위에 기대 살아 울퉁불퉁 굴곡진 돌의 표면처
럼 변해 있는, 저 송악이라는 나무 앞에 다시 선다

사람들 참 많이 고개 갸웃거렸겠다

고개 갸웃거리면서도 오래 서성였겠다

나무이면서 돌 속으로 스며들어 돌이 되어있는 듯한 나무
여서, 돌의 혈관이듯 신경이듯 뻗어 오른 넝쿨의 가지는

바위를 껴안고, 바위와 연리지가 되어 있는 듯한 모습이
어서

겨우내 얼어있는 들판을 제 전신을 부벼 스며드는, 그 봄
비에 젖는 느낌이었겠다

또 그렇게 뻗어 오른 등넝쿨 같은 가지는, 스스로 빗장 여
민 內密의 집이어서

그 따뜻한 빗소리의 리듬이 돌의 벽을 타고 가슴의 內壁
까지 스며들어와, 저 나무, 돌의 집 속에 누웠어도

그 蔓木의 가지는 새를 불렀겠다

새를 불러, 푸른 음자리표를 만들었겠다

돌이 된 가지에, 돌로 만들어진 새 날아와 돌의 노래를 부
를지라도

아무리 바람 불어도 흔들리지 않는, 돌의 나무가 되어

84

마치 바위의 문신이듯 떠오른 무늬는, 산 몸 부벼 언 인체를 녹이는, 그 봄비 같은 문양이어서

나무이면서 돌 속으로 걸어 들어가 돌을 껴안고 있는 가지는, 여전히 絃

암벽의 斷崖는, 산의 악기일 것이어서

그 악기를 켜는 활은 바람—

돋는 음률은, 작은 초록의 잎새들일 것이어서

진흙 쿠키

한 아프리카 여자가 진흙을 반죽해 진흙 쿠키를 굽고 있다

아프리카 초원의 영양이나 가젤의 고기로 햄버거를 만들 듯이, 진흙 쿠키를 굽고 있다

마치 자신의 아이에게 최상의 음식을 차려줄 것처럼, 다디단 과육을 절여놓는 것처럼

온통 진흙 빛깔인 여자는, 익숙한 손길로 둥글고 말랑말랑한 진흙 쿠키를 굽고 있다

그렇게 진흙을 반죽해 진흙 쿠키를 굽고 있는 아낙의 모습은, 어찌 보면 백로의 긴 목 같다

물의 얕은 파문도 감지하는 먹이를 잡기 위해, 고요히, 길게 늘어나는 목을 가진 백로

그 긴 목 같은 팔로 진흙 쿠키를 굽고 있는 얼굴은, 달처럼 둥싯 떠오를 것 같다

이뭣고?* 하는 의문도 없이, 인간 본래 면목의 양식 같은, 진흙 쿠키를 굽고 있는 아낙의 얼굴은

진흙소를 타고 진흙강을 건너고 있는 아이의 얼굴을, 고요히, 한없이 비추고 있을 것 같다

그 진흙 쿠키를 달콤한 초콜릿이라도 되는 듯이 먹고 있는 아이의 배는 불룩하지만, 몸통은 야위어 있어서

야윈 몸통 위에 두개골만 커다랗게 얹혀 있어서, 畸形의 물음표 모양을 하고 있지만

아이의 검고 둥그런 눈망울은 곧 굴러 떨어질듯 그렁거리지만

그 눈가에는 새까맣게 파리들이 달라붙어 짓무른 눈곱을 빨고 있지만

인간의 몸속에도 닭처럼 모래주머니가 있다는 듯이

진흙 쿠키가 돌의 쿠키보다는 부드럽고 달콤하다는 듯이

긴 백로의 목이 울컥, 뱉어주는 진흙 쿠키를 받아먹으며

아이는, 마치 나무에 올라 고기를 구한 것처럼 환한 표정이다. 그렇다. 달 떠올랐다

매일 매일 자궁에서 태어나기 전의 모습으로 되돌아가는 아이의 歸路를, 훤히 비추고 있다

진흙으로 빚은 몸속에 진흙의 빵이 들어간다는 것은 당연하다는 듯이

인간도 지렁이처럼 흙을 먹고 배설할 수 있는 소화기관을 가졌다는 듯이

이글거리는 태양이 사람을 진흙 쿠키처럼 굽고 있는 아프리카

그 진흙 쿠키가 다 구워지면 赤道의 태양이 아이를 진흙

쿠키처럼 먹어치울 것이지만

등목어

저기, 나무를 기어오르는 물고기가 있네

물고기가 나무를 기어오르다니! 꼭 緣木求魚 같네

그러나 물속에서 느껴보지 못했던 짜릿한 쾌감 같은 것
이 있을 듯

자신의 장미 꽃봉오리를 찾아가는 황홀한 순간이 있을 듯

아가미 아래에 돋은 가시를 나무 둥치에 찔러 넣으며, 그
가시발로 한 걸음 한 걸음 나무를 오르는 물고기

가뭄 들면, 강의 진흙 바닥에서 잠을 자며, 배고프면

그렇게 나무에 올라 벌레나 곤충을 진흙 쿠키처럼 먹어
야 했던 시간이

저 물고기를 나무에 오르도록, 가슴에 가시가 돋도록 만
들었겠지만

그러나 가뭄이 들지 않았는데도, 물 바깥으로 나와, 마치
산책을 하듯 나무를 오르는 것은 무엇일까?

물의 부력으로 편안히 헤엄치던 곳에서 나와, 바위처럼

짓누르는 중력을 밀며, 자칫 한발만 헛디뎌도 徒勞인 그
곳에서

오직 五感만으로 기어오르는 몸짓은—

저기, 오늘도 맨 몸으로 나무를 기어오르는 물고기가 있네

마치 손톱이듯 가시를 樹皮에 박아, 떨어지지 않으려고
무의식처럼 꼬리를 쳐, 그 추동력으로 가슴을 밀며
그래, 불가능이라는 나무에 올라 고기를 구할 때처럼

구름의 剪枝

비는, 구름의 剪枝
구름 스스로 가지치기를 한 구름의 가지들

저것 봐, 미꾸라지가 빗줄기를 타고 공중을 기어오르고
있네
비의 가지에 맺혀 있는 꽃눈 같네
빗방울의 앙징맞은 귓볼 같기도 하네
누가 꽂아 주었을까, 비의 잘린 가지들을 한 웅큼 땅의 꽃
병에.
하지만 만지면 물이 되어 흘러내리는 빗줄기에 매달려
맨손으로 암벽을 타듯 기어오르는 것을 보면
비의 가지에 맺혀 있는 꽃눈이
아, 어떡하면 입맞춤을 〈뜨겁게〉할 수 있지?* 하는 눈빛
같네
그 입맞춤이 미꾸라지의 사다리이거나 의자였겠네
어쩌면 하늘 그네처럼 흔들리는 의자 같은 것
미꾸라지는 그 의자에 앉아 무얼 보고 싶었을까?
아슬아슬 사다리를 기어올라 무엇으로 이사하고 싶었을
까?
그러나 비 그친 후, 무시로 마당에 미꾸라지 한 마리가 떨

어져 있어

　　그것이 작고 보잘 것 없는 것의 꽃봉오리였다고

　　기억해 주기를 바라는 눈빛 같을 때

　　비의 의자가, 그 흔들의자가 미꾸라지의 꽃이었을 것 같네

　　그렇게 수직의 빗줄기에 매달려 있는 순간이, 오직 그 순

간이—

　　그래, 비는 구름의 剪枝

　　구름 스스로 가지치기를 한 구름의 가지들

*루이스 세풀베다의 『연애 소설 읽는 노인』에서

저 석양

서해 벌판에 살면서 석양 앞에 서는 날, 잦았었다

석양 앞에 서면, 이 하루도 성냥불처럼 탁, 하고 켜져 소멸로 향해가는

불꽃같아, 바람에 흔들리는 갈대밭이 새삼 매듭처럼 아프곤 했다

그러나 석양이 마지막 수평선에 잦아드는 순간이, 가장 빛나는 순간이듯

하루가 소멸로 가는 계단인 이 하루의 석양이, '앙스트블뤼테'라고 명명된 〈불안의 꽃〉처럼

탁, 하고 성냥불 켜지듯 피어올라, 타오르는 저녁놀에 젖어 있곤 했다

잣나무가 이듬해 자신이 죽을 것을 감지하면, 그 해에는

유난히도 화려하고 풍성하게 꽃을 피우는 현상을 가리키는 '앙스트블뤼테'

그것은 두려움으로 인한 滿開이며, 완전 소멸을 눈 앞에 두었을 때

나타나는 생명의 알람(alarm)현상이며, 생명을 가진 어떤 존재가

가장 살아 있고자 원하는 순간을 지칭한다는, 그 불안의 꽃*.

나는 그 꽃 앞에서, 타오르는 낙조에 전신을 적신 채

온통 갈대밭과 폐염전뿐인 벌판을 어두워지도록 서성이
고는 했었다

자신의 죽을 때를 알아, 최후로, 확 꽃을 피우는 나무

그것은 자신의 마지막을 그렇게 꽃으로 피워, 자신이 걸
어왔던

모든 눈 먼 길들에게, 해바라기 같은, 그 불꽃 한 송이를
쥐여주고 싶었던 것은 아니었을까?

저 석양,

이 하루도 성냥불처럼 탁, 하고 켜져 소멸을 향해 타오르
다가

마지막 수평선에 잦아드는 순간이 가장 빛나는 순간이듯

*배수아 譯, 「불안의 꽃」에서 인용

돌담

볕뉘라는 말이 참 고와서, 나무 그늘에 앉으면

왜 이빨 가지런한 돌담이 떠오르곤 하는지

고집 센 염소의 이마 위에 박혀 있는 엄지손가락만한 뿔
처럼

돌담은, 서녘 하늘로 날아간 새의 문양으로 기억되곤 하
지만

그것은 작은 마당이라도 두 팔 벌려 눈물겹도록 껴안고
있는 것이어서

때론 근심이듯 지긋이 마당을 굽어보며 작은 풀꽃 한송
이라도 내밀고 있는 것이어서

그것은 돌담을 이루고 있는 갖가지 못생긴 돌들의 각축
으로 각인된 것이지만

어금니 곁엔 사랑니가 있고, 대문니 곁엔 송곳니가 눈썹
돋우고 있는

그 가지런함으로 쌓여져 있는 돌담은, 햇빛을 저작하는
습성이 있어서

밤이면 뭉툭한 발톱을 꺼내 봉숭아꽃물 든 달빛을 젖게
하는 버릇이 있어서

눈여겨보면, 산비탈이나 밭두렁에 아무렇게나 굴러다니
는 것들이지만

하나같이 닮은꼴 같지만, 하나같이 다른 얼굴이기도 해서

돌의 무늬며 생김새며 옷매무새까지 모두 제 빛깔 제 자신만의 독특한 용모를 갖추고 있어서

그것들의 부족한 부분을 메우며 서로 어깨 기댄 돌들을 보면

또 암수라면, 그것들의 요철을 맞추어주는 것이 돌담의 은밀한 저작이어서

그 서로의 각축으로 각인되어진 기억으로 가만히 몸 일으키는 돌담은

저렇게 눈물겹도록* 서녘 하늘로 지워져간 새의 문양으로 살아오르는 것이어서

에계, 겨우 그것! 하듯 볕뉘 비쳐드는 나무그늘에 앉으면

달팽이처럼 힘겹게 기어와, 손바닥만한 마당이라도

제 집처럼 등에 얹고 있는 것이어서

*시인 박용래

에계!

에계!는
가장 보잘 것 없는 것에 대한 비웃음이기도 하지만
작지만 귀엽고 깜찍한 것에 대한 감탄사이기도 해서
가령 못생겼지만 서로가 서로의 부족한 부분을 메워주며
차곡차곡 쌓여서, 달팽이처럼 끈질기게 기어간 돌담이
그 달팽이집만한 마당을 등에 얹고 있으면
에계, 겨우 그것! 하며 우리는 실소를 머금겠지만
달팽이에게는 그것이 꽃 한 송이여서
이슬처럼 맺혔다가 반짝, 사라져도 좋을
물방울 꽃 한 송이여서
우리는 그것에서 작지만 아름다운, 아니, 작아서 더 아름다운
소우주를 읽을 수 있다

맨 손으로
아무렇게나 뒹굴어 다니던 돌들을 주워 모아 돌담을 쌓듯
우리가 애써 찾아 헤매던 길이
저 돌담이 달팽이처럼 기어가, 쬐그만
새끼손톱만치 쬐그만 마당을 등에 얹고 있으면
또 그대는 에계! 하고 비웃겠지만

그러나 에계! 속에 들어 있는 것은, 먼 길 걸어
지친 발걸음을 쉬게 하는 노을 속의 작은 의자여서
작고 보잘 것 없지만 가장 빛나는 한 순간을 앉힌
하루의 의자여서

저기 보라, 오늘도 길가나 산비탈에 아무렇게나 뒹굴어
다니던 돌들을 차곡차곡 쌓아
하나의 돌담을 이루는 달팽이가 기어간다

그대는 또 에계! 하고 실소를 터트리겠지만

모래시계

목욕탕에서 老軀의 등을 밀어줄 때는 배에서 배로 건너뛰는 느낌

안전한 착지를 위해 앞으로 힘을 더 주면 뒤로 밀리는 듯한 느낌 때문에

일순, 무중력 상태에서 중심을 잃고 기우뚱거려지는 것 같은, 그런 느낌

그러나 건너뛴 뒤에도 부력의 흔들림 때문에 무슨 마임이듯

그림자놀이이듯 잠깐 동안 현기증처럼 위태로운 그 느낌 때문에

번데기처럼 쪼그라든 바싹 마른 등줄기에서 밀리는 때가

서걱서걱 모래가 흘러내리는 것 같아

그 건조한 살거죽에서 벗겨져 나오는 것이, 모래의 生 같아

이 사막에서도 한 때 모래비늘처럼 무늬졌던 시간들은 있었겠지만

이렇게 한 생의 모래를 다 벗기고 나면

이 老軀가, 모래시계에서 모래가 다 흘러내린 빈 공간 같아

벌거벗은 채 등을 내밀고 있는 늙은 시간들을, 不倒翁이듯 다시 일으켜 세우고 싶지만

砂丘의 바람무늬결 같이 주름지는 등은, 한사코 벽처럼 완고해서

등줄기에서 엉덩이 아래로 이어지는 척추의 선이

모래시계에서 모래가 흘러내리는 좁고 가느다란 길 같아

내 등줄기에서도 가느다란 모래의 길을 따라 모래가 흘러내리는 것 같아

그렇게 공중목욕탕에서 老軀의 때를 밀어주고 있다보면, 언제나 등은

배에서 배로 건너뛸 때 느껴지는, 그런 뭉클한 허공

續·모래시계

목욕탕 사우나실에 앉아 모래시계를 바라본다
잘록한 허리의 쬐그만 장고처럼 생긴 모래시계
그 모래시계에서 흘러내리는 모래를 바라보고 있노라면
낙타가 바늘구멍을 빠져나갈 수 없다는 말이 거짓 같다
낙타도 바늘구멍을 빠져나갈 수 있다. 죽어, 사막에 묻혀
모래 한 알이 되면 되는 것이다. 모래 한 알의
낙타가 되어 바늘구멍을 빠져나가면 되는 것이다
그러므로 죽는다는 것은 몸에서 저렇게 모래가 흘러내리
는 것
마치 와인 잔을 뒤로 이어 붙여놓은 것 같기도 한, 저 가
느다란 유리의 管을 통해
사막을 줄지어 걸어가고 있는 낙타들이 보인다
시간이라는 짐을 등에 얹은 낙타들이 隊商을 이루고 있
는 길은
어쩌면 낙타가 바늘구멍을 빠져나갈 수 있는 길인지도
모른다
일렬종대로, 사막을 터벅터벅 걷고 있는 낙타의 무리들
背面으로, 끝없는 모래바람이 불어 길은 지워지고 있지만
지워진 길 위에 다시 길을 만드는 것은, 언제나 무한반복
의 재귀!

누군가가 다 흘러버린 모래의 빈 공간을 채우기 위해
모래시계를 거꾸로 세워놓는다. 다시 끊어졌던
낙타의 행렬이 바늘구멍보다 비좁은 유리의 관을 빠져
나가
環狀방황 같은, 그 영원한 재귀의 사막을 걷는다

그런데 왜 내 몸에서 땀이 이리 흘러내리지?

석양에 바친다

해가 질 때, 가슴에 구멍이 뚫리는 사람은 혹시 죄 많은 사람?

그렇기야 하겠냐마는, 그래도 해가 질 때 가슴이 텅 비는 사람이 있다

그 구멍 혹은 허공을 메우기 위해 우리는 들판에서 꽃을 찾는지 모르지만

그러나 다리미로 식빵을 구워먹는 사람도 있다

집의 벽에 그림을 거꾸로 걸어놓는 사람도 있다

물론 눈에 보이는 것은 눈에 보이지 않는 것이 있기에 존재하는 것이지만

혹시 전시장에 변기를 거꾸로 걸어놓는 사람도 가슴에 구멍이 뚫리는 사람?

그러면 저 할머니의 포즈는 어떤가? 들에서 캐온 돌미나리 몇 단

쑥 몇 줌 앞에 놓고 장이 설 때마다 장터 귀퉁이에 쪼그려 앉은

오늘은 뭘 가지고 나오셨나? 문득 쳐다보게 하는 표정

어떤 날은 과수원 바닥에 떨어진 落果 몇 알을 주어와, 어김없이 앉아 있는 그 포즈—

지나치는 사람들이 이거 맛 들었어요? 하고 물어도, 발그

라니

  이제 막 물들기 시작하는 복숭아빛깔 같은 낯빛만 떠올리는

  혹시 무안해 할까봐 일부러 모르는 척 지나쳐도

  표정은 여전히 이물질 하나 섞여 있지 않은, 그 도화빛이어서

  아, 가을이 빨리 왔으면 좋겠다. 빨리 가을이 와─ 밤알들이

  도토리 은행알들이 나무에서 수북이 떨어졌으면 좋겠다. 싶게 만들어

  혹시 저 할머니도 해가 질 때 가슴에 구멍이 뚫릴까? 싶지만

  그 뼈의 가지에서 寒苦鳥 한 마리 날아오르지 않는, 표정이 좋아서

  오늘은 문득 해가 질 때, 저 얼굴의 꽃 한 송이 떠올리고 싶어진다

  저렇게 닭처럼 씨를 뿌리지 않아도 풍성히 수확을 하고 있는 듯한*

  세상과 불화의 이물질이 조금도 섞여 있지 않은, 저런 무균질의 웃음이 있다면!

로즈 버드 1

로즈 버드… 장미꽃봉오리… 작고 사소한 것의 가치라는 뜻… 작고 사소한 것의 가치라니… 언제 그런 것에도 의미가 있었나? 싶으면서도…

마당가에 핀… 장미의 넝쿨 앞에 자주 선다… 채 피지 않은… 초경의 젖몽우리처럼… 이제 갓 망울지기 시작하는 것들을 보면…

이 가슴 환한 두근거림이 어디서 오는지 알 것 같아…

로즈 버드… 하찮은 쓸모없는 것들의 가치를 상징하는… 저 장미꽃봉오리를… 쓰레기통에 버려진… 온갖 것들을 살아있게 하는…

정크 아트 같다고 해야 하나…
돌의 연금술 같다고 해야 하나…

그러나 오오, 저런 집어등들이 있나… 새로운 세계를 향해 열린 호기심들이… 동경이… 자석처럼 빨아들이는… 색깔들은 벌써 붉어… 자신만의 독특한 향기까지 머금고 있어…

저렇게 삶이 아름다워 보이던 때가 언제였을까…

별을 잃어버린 지 이미 오래인 내 부박한 생활에서도…
아무렇게나 열린 앞섶의 단추를 매만지게 하는…
이제 갓 망울지기 시작하는 장미꽃봉오리… 로즈 버드…
그래, 물건이란 제 각각의 생명을 지니고 있어서…
영혼이라는 것을 깨우기만 하면 된다…*

오오, 저런 가슴 두근거림이 있나… 울타리를 낮게 포복
해가는 장미의 넝쿨이 집요하게 움켜쥐고 있는…
저 집어등!

*마르께스의 「백년 동안의 고독」에서

로즈 버드 2

장미 꽃봉오리, 로즈 버드가 작고 사소한 것의 가치!를 의미한다는 것을 알고 난 뒤, 나의 로즈 버드는 뭘까? 궁금한 얼굴로 장미 앞에 서는 날, 잦다

막걸리가 밥이었던 천 상병 시인에게는 당연히 할머니 한 잔 더 주세요—하며 주막에 앉아 있는 것이겠지만, 내가 너무 멀리 왔나…? 아무리 생각해도 떠오르지가 않는다

몽롱하다는 것은 장엄하다.며 주막에 앉은 시인의 눈에는 지금도 함박눈이 내릴 것인데, 그 눈 속에는 아기들이 즐겁게, 놀고 있을 것인데[*]

도끼가 내 목을 찍기도 전에 내 속에서도 아기들이 죽어간 것인지, 흐린 주점에 턱을 괴고 앉아 있어도 눈은 내리지 않고, 내리는 눈 속에는 즐겁게 뛰어노는 아기들은 없고

나 돌아갈래! 절규하며 달려오는 기차 앞에 마주 선 영화의 한 장면처럼, 그 울부짖음만 자꾸 떠오른다. 나 돌아갈래!

이제 나도 누에처럼 자신의 몸에서 실을 뽑아 그물을 기워야 하는 걸까? 그물을 기워 마치 포충망처럼 나를 포획해, 나 돌아가고 싶은 곳으로 데려가야 할까?

아, 그러나 달을 가리키는 손가락이면 어떠랴… 달은 못 되어도 달을 가리키는 순간, 그 야윈 손가락에도 달빛은 물드는 것을…

—그래, 도끼가 내 목을 찍기도 전에, 내 안에서 죽어간 즐거운 아기들을 찾아…

*천상병 시인의 시 「주막에서」 인용

겨울, 落穗

落穗란 수확을 끝낸 빈 들판에 떨어져 있는 벼의 낟알이
지만
마치 도깨비바늘처럼 바짓가랑이를 물고 와 떨어지지 않
는 것도 있어

저기, 겨울 빈 들판에 내려앉는 새들이 보인다
뼈만 남은 가시고기들이 누운 물 속이 잠시 일렁인다
저 새들을, 골절상을 입은 들의 환부에 붕대를 감았다고
해야 하나
부목을 댄, 반신불수의 휠체어가 되어주고 있다고 해야
하나
아니면, 쓸모없이 버려진 하찮은 벼의 낟알들이
성찬이 되어주고 있는
풍성한 식탁이 되어주고 있는. 들판을
聖 요셉 병원 같다고 해야 하나?
저 새들 중, 추운 시베리아에서 날아 와 잠시 머무는 것도
있을 듯
남은 먼 길을 위해 아픈 날개를 쉬며 깃을 다듬는 것도 있
을 듯
그 새들의 먼 旅程을 지켜보며, 도시락이 되어주고 있는

때론 장터의 따뜻한 국밥 한 그릇이 되어주고 있는
텅 빈 겨울 들판의 벼의 낟알들을 보면
落穗란 백지에 잘못 떨어진 점 하나일지라도
그것은 우주를 관통하고 있는 하나의 의미일 것 같아서
비록 생의 본문에서 떨어져 나온 비망록일지라도
일생을 담은 原典보다 더 감동적일 것 같아서
수확을 끝낸 들판의 얼굴이, 詩瘦같다
새들이, 그 목에 걸린 청진기 같다

落穗란, 겨울 들판에 흩어져 있는 벼의 낟알이지만
저렇게 도깨비바늘처럼 의식을 물고 와 떨어지지 않는
것도 있어

寒苦鳥

한고조라는 이름의 새가 있습니다. 눈 덮인 히말라야 산 속에 살면서도 집을 짓지 않는 새죠. 집을 짓기는커녕 낮이 면 이 나무 저 가지에 앉아 노래만 부르고 있다가, 밤이 되 면 추운 나뭇가지에서 얼어 죽지 않으려고 몸 웅크리고 떨 며, 날이 밝으면 꼭 집을 지어야지, 집을 지어야지, 후회의 피울음을 울고 있다가도, 날이 밝으면 언제 그랬냐는 듯 햇 볕 따뜻한 가지에 앉아 또 노래만 부르고 있는 새죠.

오죽했으면 일찍이 붓다께서는 수행하는 제자들에게, 너 희들은 "이 한고조가 되지 마라!" 하고 틈만 나면 일갈하곤 했을까요.

그런데 이상하다? 이 새는 왜 노래만 부르고 있었을까?
추운 산 속에 살면서 집은 짓지 않고, 마치 나뭇가지에 맺 힌 물방울처럼
언제 떨어질지 모르는데도, 끈질기게 노래만 부르고 있 었을까?
그 노래가, 제 비명의 臂膊 하나 되지 못하는데도
차가운 바람 속에서 飛泊의 나뭇잎처럼 흩날리면서도
비박의 나뭇잎 하나 얻지 못한, 그 非薄의 날들을 노래만

부르고 있었을까

혹시 노래가, 이 새에게는 알람(alarm)같은 것은 아니었을까?

왜 노래 해야 하는지 아지 못해도 마치 天刑이듯 불러야 하는, 그 노래는

제 스스로 자신의 내부를 열어 솜으로 채우고, 포르말린 방부액에 적셔져

그렇게 박제가 된 새의 표본이 되어, 창가에, 혹은 거리의 진열장에 놓여져

자신처럼 걸어온 모든 길 잃은 길들에게, 마치 등신불처럼 타오르는

혹시 그런 알람 같은 것이 되고 싶었던 것은 아니었을까?

한고조라는 이름의 새, 자신은 곧 떨어질 물방울처럼 나뭇가지에 맺혀 있으면서도

떨어져 내리는 그 순간이, 자신의 가장 아름다운 노래의 순간인듯이─

寒苦鳥들

— 저녁의 노을에 비치면 모든 것이 유혹적인 향수의 빛깔로
나타난다. 단두대까지도!

〈밀란 쿤데라〉

저녁의 가지에서 후두둑 날아오르는 한고조들을 본다
언제 내 뼈의 가지에 내가 물방울로 맺혔나?
집 짓지 않는 새들의 궤적이 飛蚊 아니, 飛紋 같다
한때 내게도 집은 짓지 않아도 가지에서 떨어지는 물방
울의
발레 같은, 경쾌한 발걸음이 있었다
그것은 〈아, 어떡하면 입맞춤을 '뜨겁게' 할 수 있지?〉
하는
눈빛처럼, 길의 가지에 맺혀 있었다. 그 길의 끝
일몰 속에 서면 마치 백조의 마지막 울음이 가장 사무치는
울음이듯 노을이 번져 흘렀지만, 그 노을이
집을 짓지 못하는 이의 피눈물인지는 아지 못했다
그런데 언제 저 뼈의 가지에 저들이 물방울로 맺혔나?
내 집을 허물지 말라며 망루 위에서 몸부림치는 사람들
의 머리 위로 날아오르는
한고조들을 본다 이미 박제가 된 줄 알았는데,
박제가 되어, 기억의 창고 혹은 사무실의 책상 밑에서 먼
지나 뒤집어쓰고 있는 줄 알았는데
솜으로 채워진 내장에서 톱밥 같은 의식이 부스러져 내

려도

　나사로 조립된 날개에서 삐걱이는 기계음이 들려도

　저렇게 살아서 날아오르다니! 그 궤적이 飛紋 아니, 飛蚊
같다

　혹시 저 새도 자신이 걸어온 눈 먼 길들의 알람이 되고 싶
었던 것일까?

　자신이 날아오르는 순간이 가장 아름다운 비상의 순간인
듯이?

　가지에서 떨어지는 물방울의 발레 같은 그런 경쾌한 춤
의?

　아, 어떡하면 입맞춤을 뜨겁게 할 수 있지? 하는 그 눈빛
처럼?

　거꾸로 세워놓으면 끊어졌던 시간이 끊임없이 이어지는
모래시계처럼?

벚꽃 아래

　한낮의, 성당 마당의 벚꽃 그늘 아래
　휠체어에 앉은, 요양원에서 부축 받아 나온, 중풍의, 치매
의 노인들이 노래자랑을 하고 있다
　노래는, 반신불수의, 굳은 기억의 관절을 풀어주는 치료
요법이겠지만
　소풍 나온 어린아이들처럼 즐겁다. 입가에 침은 흘러내
리지만
　캄캄한 기억의 갈피에서 〈동백아가씨〉가 걸어 나오고
　불쑥, 뜬금없이 웬 〈기미가요〉까지 튀어나와, 벚꽃 그늘
을, 의치의 크로마뇽인처럼 웃게 만들지만
　부풀어 오른 벚꽃 그늘은, 파란만장, 무의탁의 구름처럼
떠흐른다

　아, 저 묘비명은 어떻게 읽어야 하나?
　들판의 제비꽃이나 엉겅퀴로는 읽을 수 있으려나?

　그러나 노래는… 꽃그늘에 인공호흡기처럼 매달려 있어
　그 인공호흡기를 떼어내면… 한 줄기 눈물이 주르르 흘
러내릴 것 같아

의족을 짚은 듯 자꾸만 삐걱이는 노래 따라, 손뼉 박자를
맞추어주고 있노라면

세상과의 불화의 이물질이 조금도 섞여 있지 않은
씨를 뿌리지 않아도 저절로 돋고 있는 듯한, 그 무균질의
웃음들이 하르르 하르르 떨어져내려
의치의 크로마뇽인 같은 봄의 그늘에, 하얀 齒牙처럼 반
짝인다

한낮의, 햇빛 환한 성당 마당의 벚꽃 그늘 아래

물방울 춤

흐르는 냇물에 한 다리를 들고 서 있는 백로를 본다
저 껑충한 키에 외다리라니! 물음표 모양의
가시관을 쓴, 무슨 천형처럼 쓸쓸해 보인다
그러나 표정은 오선지에 음표라도 떨어트리는지 골똘
하다
물 밑의 불립문자들이 지느러미라도 파닥이는지
오로지 한 가지 생각만으로 무념무상이다
그 반가사유는, 맺힌 물방울처럼 곧 떨어질듯 아슬해 보
이지만
무대 위의 발레처럼 우아해 보이기도 한다
물의 백지에 묵언의 긴 편지를 쓰는 물방울의 펜촉 같기
도 하다
그 사유의 부리는 불확실한 생의 언표 위에만 머무는 것
같지만
말해질 수 없는 것이 말해질 때처럼,
오래 물에 담겨, 차가워진 발을 바꾸어 다시 물을 딛는다
여전히 해독할 수 없는 껑충한 키에, 외다리이다
그러나 물 바깥에서 따뜻하게 데워진 한쪽 발의 체온은
면벽의 물거울에 비친 얼굴에 발그라니 핏기를 돌게 한다
말할 수 없는 것의 恒念이다

물음표 모양의 가시관이 白勞처럼 빛난다

IV

睡蓮에 대하여

1. 지붕

수면 위에 뚜벅뚜벅 드리워진 馬蹄形의 잎이, 지붕 같다

기억은, 수련 같다

몸이 연못인지, 뿌리는 몸의 진흙 속에 묻혀 있어서인지, 들판의 갈대숲 헤치다 만난 작은 웅덩이 같은 연못가에 앉으면, 그 기억은 수련처럼 피어오른다.

의식의 물은 흐려져도… 잠의 눈꺼풀을 열고 맑게 씻은 듯 피어오른다

그날, 그녀는 왜 지붕 위에 올라갔을까?

몸에 실오라기 하나 걸치지 않고 발가벗은 채, 마치 실성한 듯 지붕 위에 올라가 먼 곳을 향해 손을 흔들고 있었을까? 아직 잠이 덜 깬 양동 빈민굴의 이른 아침, 빈 허공뿐인, 흉터 같은 지붕들만 다닥다닥 붙은, 판잣집 지붕 위에 올라서서 도시의 석고 같은 하늘 저쪽을 향해, 그곳에 무엇이 있는 듯, 그 무엇을 향해 애타게 손짓을 하는 듯 손을 흔들고 있었을까?

2. 진흙의 방
고요한, 연못의 수면 위에 떠 있는 잎이, 그 지붕 같다

그 지붕 아래에는 하루를 살기 위해 몸을 팔아야 하는 몸
뚱이가, 진흙의 방에 묻혀 있었을 것이다. 아직 진흙의 세
계에 채 익숙해지지 못한 야윈 몸뚱이를 들고, 그녀는 얼마
나 진흙밭을 헤매었을까? 진흙 밭을 헤매다 얼마나 돌부리
에 채이고 넘어졌을까? 넘어진 곳이 진흙 무덤이어서, 그녀
는 초혼을 하듯 지붕 위로 올라간 것일까?

아마 그녀는 어디로 오르는지도 모르고 지붕 위로 기어
올랐을 것이다. 닫힌 문을 열기 위해, 진흙의 무덤을 열기
위해, 자신의 몸에 끈적끈적 달라붙는 진흙의 시간을 떼어
내기 위해, 자신이 어디로 기어오르는지도 모르고 지붕 위
로 올랐을 것이다

3. 水蓮이 아니라 睡蓮이어서
그때, 그 지붕 위에서 부른 것은, 저 수련이 아니었을까?

몸은 진흙 속에 묻혀 있어도 저리도 고운 꽃을 피워 올리는, 저 수련을 향해 그렇게 애타게 손짓을 한 것은 아니었을까?

진흙 속에 폐선처럼 박혀서도 잠의 눈꺼풀을 열고, 저리도 고운 눈빛을 밀어 올리는

물의 꽃이 아니라, 진흙의 꽃이어서

섬말 시편
다시, 睡蓮 곁에서

　수면 위에 듬성듬성 떠워놓은 마제형의 잎이, 징검돌 같다
　잎 주름지지 않게 그 돌을 밟고 진흙의 방을 찾아오라는 눈짓 같다
　물 속, 진흙의 방에는 어떤 默言이, 침묵이, 촛불을 켜고 있을까
　머무르지 말고 마음을 내라는─, 그 의미를 해독하고 있을까
　진흙의 방에 묻힌 뿌리가 밀어 올리는 꽃이, 저리 고운 것을 보면
　진흙의 방에 묻혀서도 몸에 진흙 하나 묻히지 않은 것 같다
　잔잔한 수면 위에 고운 자태로 떠 있는, 밝은 눈매의 꽃을 보면
　그렇게 진흙 속에 묻혀서도, 몸에 진흙의 실오라기 하나 걸치지 않은 것 같다
　아, 어떡하면 나도 저 극소량의 우산 밑에서 진흙의 비를 맞이할 수 있을까?
　등에 업힌 것을 아무런 무게도 없이 다시 업을 수 있을까?
　바람에 물결이 잔주름을 짓는다. 수면의 얼굴이 찌푸려

졌다가 다시 퍼진다

　그 묵언이, 침묵의 말이, 젖되 젖지 말라는──, 진흙 속에
묻혀서도

　진흙에 젖지 말라는──, 그 눈빛 같아, 傳言 같아──,

　수면 위에 듬성듬성 징검돌을 놓듯 마제형의 잎을 띄워
놓은

　벌판 갈대숲 속의 작은 웅덩이 같은 연못가에 앉아, 睡蓮
을 본다

　그래, 저 극소량의 우산을 펴들면 진흙의 비에 젖지 않고

　몸에 진흙 한 점 묻히지 않고, 내리는 비의 손을 잡을 수
있을 것 같아

　연못가의 돌 위에 앉아, 그 돌의 꽃이듯 잠시 눈을 감는다

　다시, 바람이 잔물결을 짓는다. 수면의 눈가에 잔잔한 주
름이 일다 퍼진다

소가, 풀밭에서 풀을 뜯던 소가

소가, 풀밭에서 풀을 뜯던 소가 거북의 등을 쓰윽 핥는다

마치 등 긁어주는 손이듯, 길쭉하게 혀 내밀어—

소가 왜 저러나? 싶어 가만히 보니, 등에 묻은 소금기를 핥고 있다

세상에, 거북의 등이 기어 다니는 염전이었다니, 살아, 움직이는 소금밭이었다니

대체 어떻게 알았을까? 소는, 그 등에 소금이 묻어있다는 것은

햇볕에 마른 염분기가 부드럽게 번져 스며 있다는 것은

물론 거북은 귀찮아 죽겠다는 듯이 무거운 등짝을 끌며 저 만큼 옮겨 가지만

그 등이, 풀에게는 없는 훌륭한 소금의 공급처여서, 소금창고여서

어느새 슬금 다가온 소는, 또 걸쭉하게 혀 내밀어 널름 핥고는

언제 그랬냐는 듯 시침 뚝 떼고 풀만 씹는 척 하는데

그 모습이 너무 능청스러워, 꼭 소금 창고에 드리워진 서해 낙조 같아

소래 벌판의 무너져가는 소금창고에 젖어오는 저녁노을 같아

그러니까 곧 균열이 질듯 굳어 딱딱해진, 핏줄도 淚線도 차갑게 결빙시킨 것 같은

그 갑피의 등짝에서 번져 나오는 소금기의 무늬가 슬픔이라는 것을

상처라는 것을 아는 듯한 낯빛이어서, 절로 웃음이 나는데

그러나 소가 한가롭게 풀을 뜯는 풀밭이, 지친 몸 쉬일 휴식처여서

햇볕 따듯한 흔들흔들 흔들의자 같은 것이어서, 거북은

그 굳은 갑피의 등짝으로 오만상을 찌푸리면서도, 소금꽃 활짝 피운

구갑 무늬의 토기 같은 화분을 들고, 소의 집을 방문하는 것 같아

그러면 소는 등 두드려주는 손이듯, 아니, 무슨 입맞춤이듯, 서해 낙조—, 그 노을빛 혀 내밀어

곧 무너질 듯, 고요한, 적막 같은, 거북의 등짝을

쩌업— 소리가 나도록 핥는 것 같아, 그래, 소금 창고에 젖어오는 저녁 노을처럼 누우렇게 등 굽은 소가—

파리 지옥

파리 지옥은 파리를 잡아먹는 식물, 파리가 앉으면 잎을 오므려

잎에 돋은 무수한 촉모로 녹여, 천천히, 그 즙을 빨아 먹고 사는 식물

노을 타오르는 벌판에 서면, 내가 이 파리 지옥에 앉은 파리 같을 때가 있다

벌판이, 갈대 우거진 폐염전들이 파리 지옥의 부드러운 잎 같을 때가 있다

도대체 이 파리 한 마리를 녹여 뭣에 쓰시려고, 우주는 용광로에 불길을 달구는 것인지

냄새에 흘려, 엽모의 달콤한 미각에 흘려, 잎이 흘리는 끈적한 즙에 흘려

그 잎이, 자신을 서서히 송두리째 녹여버릴 입인 줄도 모르고, 날아와 앉아

두 손을 비비며 킁킁 입맛을 다시는, 그 파리 한 마리 같은 때가 있다

그러면 나는, 좋다! 마음껏 나를 잡아먹어라! 그 입으로 나를 씹어

뼈 하나 남김없이 녹여, 네 잎을 푸르게 물들여라! 싶기도 하지만

그러나 파리 지옥이라는 무시무시한(?) 이름을 가진 저
식충 식물은, 또 다른 이름을 가지고 있어서

비너스의 속눈썹이라는, 아름다운, 고혹적인 이름을 가
지고 있어서, 혹시

조물주는, 이 고물을 녹여 따로 쓰실 데가 있는 것은 아닐
까? 싶기도 해

그러면 저녁노을에 젖은 이 황량한 벌판이, 우주 고물상*
같기도 해

온갖 고물을 녹여 새로운 무엇을 만들어내는 그런 고물
상 같기도 해

혹시 누가 알까? 이 몸 녹여 그 속눈썹에 맺힌 눈물 한 방
울이게 하실런지

이 벌판의, 수련이 핀 연못의 맑은 물 한 방울이게 하실런
지, 싶기도 해

오늘도 나는 갈대 우거진 폐염전 길을 걸어, 용광로의 불
길이듯

붉게 타오르는 저녁노을 아래 서 있는 것은 아닐런지

파리 지옥의 입, 아니, 잎 속에 서 있는 것은 아닐런지

*고진하의 시 제목에서 빌려옴

섬말 시편
조개 무덤

껍질들이 모여 커다란 더미를 이루고 있는 조개 무덤 앞
에 선다

저 껍질 하나하나를 열기 위해 웅크린 등은 더욱 둥그렇
게 모서리가 닳아갔겠지만

앞에 놓인 조그만 그릇에 담기는 조개의 살들은 하루 삶
의 核!

그것을 부화하기 위해 엄지손톱만치 쬐그만 바지락 껍질
을 까며 늙어온

시간들은 이미 갯골처럼 깊게 주름 패여 퇴적층으로 쌓
이고 있지만

葉皮같은 껍질들이 모여 크고 둥그런 무덤으로 부풀어
오를수록

하루라는 껍질 속에서 숨 쉬고 있는 일상의 탄생이, 경이
로워—

그 껍질 하나가 글자라면 붓 씻은 바다는 墨池가 되었을 것 같다

모서리가 닳아 둥그렇게 웅크린 등은, 한 생의 一筆에 찍힌 낙관 같다

그렇게 무봉으로 쌓여 커다란 더미를 이루고 있는, 조개 무덤 앞에 서면

오늘, 하루의 껍질을 벗기고 석양을 남기는 것 같은 무수한 반복 속에서도

갯골처럼 깊게 주름 진, 이 하루의 껍질을 벗기는 손은 날렵하다

등 뒤에 쌓이는 해거름도, 片片의 무덤으로 부풀어 오른다

그 무료한 일상의 밀집 속에는, 또 태어날 하루가 숨 쉬고 있다

섬말 시편
돌그물

누가 처음 바다에 던졌는지 모르지만, 서해 갯촌에 가면 돌그물이 있다. 마치 거석 문명의 출토물이듯 갯벌 위에 놓인 것, 서툰 솜씨로 쌓은 돌담이듯 엉성해 보이기도 하지만, 밀물 따라 들어온 물고기가 썰물 때 빠져나가지 못하도록 潮水의 키에 맞춰 석방렴이듯 둥그렇게 만들어 놓은 것

그것은 마치 모든 불가사의는 가난한 꿈들이 허리 휘도록 이루어놓은 땀의 결정체라고 말하고 있는 듯 보이지만, 저 무른 갯벌을 걸어 무거운 돌들을 어떻게 옮겼을까? 하는 안타까움이 먼저 밀려와 돌그물에 걸린 물고기처럼 파닥이고 있지만

그것이 사는 일이었다고, 하루하루의 가슴에 돌의 지문으로 꾹꾹 눌러놓은 것 같기도 해, 또 안쓰러움이 먼저 밀려와 지느러미 파닥이고 있지만

그러나 저 무거운 돌그물을 누가 처음 바다에 던질 줄 알았을까? 하는 경이로움이 銀鱗을 반짝이며 있기도 한다. 기실 모든 불가사의란 사람과 사람 사이에 놓인 다리(橋)라는 듯이, 조수간만의 차란 그 그리움이 밀려왔다가 밀려가는

것이란 듯이.

얼핏 보면 꼭 창세기를 짓기 위한 주춧돌이듯, 아니, 돌도
끼를 만들 듯 단순 세공처럼 보이지만, 처음 저 돌그물을
바다에 던졌을 때는 돌하르방처럼 생긴, 그런 거대한 石像
의 목에 걸린 돌목걸이처럼 반짝였을 것 같다. 가난한 어촌
의 귓불에 銀環처럼 빛났을 것 같다

섬말 시편
榾木[*]

榾木이 버섯을 키우는 나무란 것을 알게 되면서
집 앞, 버섯 재배장에 세워져 있는 榾木이 자주 눈에 띤다
한 발 남짓한 길이로 검은 비닐로 차양을 친 그늘에 놓여져
가지도 뿌리도 잘린 나무둥치로 변해 있지만, 그 등걸에
구멍을 뚫어 種菌을 심어 논 자리 마다, 마치 골목의 낮은
집들처럼
다닥다닥 붙은 버섯들이 돋아나 있어, 참 정겨워 보이기
도 한다
사체기생식물은 죽은 시체에 뿌리를 내려 꽃을 피우지만
죽은 제 몸을 열어 살아있는 것의 흙과 뿌리가 되어주고
있는 것
그 榾木을 볼 때마다, 우리가 숨쉬며 살아가는 골목이 자
꾸 떠오르는 것은
우리도 저 버섯처럼 골목에서 매일 툭, 하고 돋아나기 때
문일까
그래, 가지도 뿌리도 잘린 채 그늘지고 습기 찬 곳에 놓였
지만
죽은 자신의 몸을 살아 있는 것의 토양이 되어주고 있는
저 榾木을
오늘은, 오랜 세월 뻘 속에 묻혔어도 썩지 않는 침향목을

닮았다고 해도 되겠다

　마치 캄캄한 밤바다에서 漁火가 켜지듯

　죽은 나무에서 툭, 하고 버섯이 돋아나는 모습을 보면―

　저 揖木―. 가지도 뿌리도 잘린 채 그늘에 놓여 있지만

　그렇게 살아 있는 것의 잎과 뿌리가 되어주고 있는 나무

여서―

* 김숨의 소설 「간과 쓸개」에서 따옴

다시, 바자울에 기대다

회를 뜨고 남은 생선의 뼈로 서더리탕을 끓이기 위해
소래 포구를 찾으면, 어시장 좌판 위에 퍼덕이는 생선을
올려놓고
회를 뜨는 날렵한 손들을 만난다. 회를 뜬 자리
살 한 점 붙어 있지 않은 앙상한 생선의 뼈만 떠오르지만
그 뼈를 끓이면, 한 끼의 공복을 메울 양식이 된다는 것은
비단 가난한 살림의 식성만은 아닌 것, 익숙한 손놀림으로
비늘과 껍질을 벗기고 살을 떼 낸 자리, 앙상히 떠오른
뼈를
겨울 갈대숲처럼 엉킨 가난이라고 하면 할 말 없겠지만
또 그것에서 야윈 살림의 아픈 家系圖를 볼 수 있겠지만
그 뼛국을 끓이는 것은 살아가는 일의 별미이기도 해서
또 야윈 하루를 달래는 식도락 같은 것이기도 해서
그 생선의 뼈를 구하기 위해 포구의 어시장을 기웃거리
면, 시인도
회를 뜨는 저 날렵한 손을 가져야 하지 않을까, 생각해보
는 것이다
날카롭게, 뼈에 살 한 점 붙이지 않는 저 기교—
—얼마나 정교하게 살을 떼 냈으면 아직도 눈을 멀뚱거
리고 있을까, 저 광어는.

그런 손길을 보면, 와자지껄하고 소란스러운 포구의 풍
경이

  숨결이, 공중으로 던져진 회 한 점을 날카롭게 채 가는 갈
매기처럼

  뇌리 속으로 파고들어, 때로는 숙취의 쓰린 속을 달래기
위해 찾아들기도 하는

  포구의 어시장이지만, 살 한 점 없이 맑게 떠오른

  생의 한 때가 명징하게 떠오르는 것이다

  그 생선의 뼈가 파닥이는 한 목숨의 바자울이었듯이

  그 뼈가 움켜쥐고 있었던 것이 銀鱗 반짝이는 생의 숨결
이었듯이

섬말 시편
갈대

갈대의 잠자리는 혹시 빙폭이 아닐까, 생각한 적이 있다
그렇지 않고서야 어찌 저 가녀린 몸으로 바람 속에 서있
을 수 있을까
물이 까마득한 벼랑을 흘러내리다 흐름의 결대로 얼어붙
어 있는 것
그 빙폭을, 마음속에 세워놓지 않고서야 어찌 바람을 다
견뎌내고
은빛의, 백발의 머리칼을 햇볕 속에 반짝일 수 있을까
빙폭이, 물의 내면에 숨어 흐르던 어떤 표정이 눈짓이 결
빙을 만나 떠올라 있는 것이라면
그 벼랑에, 마치 큰 바위 얼굴처럼 板刻되어 있는
얼음의 얼굴이 말하고 있는 것은, 녹으면 물이 되어 흘러
내리는
물이 되어 흘러내려 흔적 없이 지워지는 것이, 생이라는
것이겠지만
그 얼굴을 껴안고, 얼음을 彫刻하듯 쓰다듬고 있는 것
결빙의 내면에 숨겨져 있는 물의 소리를 듣는 것
물의 소리를 들으며, 폭포를 튀어 오르던
銀鱗의 번뜩임도 새겨놓는 것, 그것이 사는 일이어서
그렇게 물의 표정을 해독하는 것이 숨을 쉬는 일이어서,

혼자

벌판을 걷다 갈대를 보면, 저것의 침대는 혹시 빙폭이 아닐까 생각해보는 것이다

녹으면 물이 되어 흘러내리는 줄 알지만

물이 되어 흘러내려 애써 조각해놓은 새 물고기 꽃 같은 형상들이

흔적없이 徒勞 지워지는 줄 알지만, 마치 자일도 없이 맨손으로 빙폭을 오르는 것 같은

갈대의 흔들림을 보면, 그렇게 마음속

빙벽을 오르는 몸짓이, 바람을 견디는 힘이라는 듯이

그 결빙이, 흘러가다 잠깐 멈춘 그리움의 일별(一瞥)이라는 듯이

섬말 시편
무릎이 환하다

달천 변에, 이끼 끼고 등걸 패인 늙은 사과나무들이
    하얗게 꽃을 피우고 있다. 무슨 염전을 보는 듯 하다
    하루도 거르지 않고 무자위를 밟느라 무릎 다 닳은 것
같다
    깊게 주름 진 세월의 갯골 따라 흘러들어온 염수를 퍼
올려
    소금꽃 씨앗을 뿌려온, 저 무릎의 파종―. 흰 사과꽃들이
    이십 년 만에 찾아온 윤년을 맞아 미리 준비해 둔, 장롱
속의
    수의를 꺼내 입어보는 것 같다. 그래도 활짝 웃는다. 꺼
멓게
    변색이 된 수피에 뒤틀리고 옹이진 몸에서 어떻게 저런
포즈가
    나올 수 있는 지, 마치 〈걷는 사람〉*을 보는 것 같다
    세상에! 목괴가 다 된 老軀에 아직도 무자위를 묻고 있다
니!
    염전의 水車, 저 무자위는 닳을수록 부드러워지는지
    염전의 무릎―, 그 무자위가 파종한 소금꽃 씨앗들이
    봄 햇살 가득 꽃을 피우고 있다. 마치 거풍을 하듯
    가지 뻗은 갯골의 염전에서 소금꽃들이 하얗게 웃고 있다

시가 뭐에요? 한복 곱게 다려 입고 시 창작 교실에 오두마니 앉은

부끄러운 듯 웃는, 老顔 같기도 하다. 그래, 목괴가 다된 몸 속에

그렇게 무자위를 묻고 있는 것이 시라고, 자문자답 하듯 달천 번을 걸으면

오래된 과수원의 고목이 된 사과나무들이 하얗게 꽃을 피우고 있다

그 꽃들이, 캄캄한 밤바다에 떠오른 집어등 같아

아직도 걷는다는 것의 무늬가 너무 선연해, 문득 무릎이 환하다

지금도 무자위를 밟고 있는 무릎이, 집어등이듯 환하다

＊쟈코메티의 조각

잎

아무도 없는 새벽의 강가에 선다. 고인 듯 흐르는 강물은

저 혼자 흐르고, 수면 위에는 희미한 물안개가 피어 오른다

저 고인 듯 흐르는 흐름의 속삭임은, 갈대의 귀를 가져야만

들을 수 있겠지만, 새들도 아직 잠에서 깨어나지 않았는지

갈대밭도 적막 한 채 짓고 미명 속에 잠겨 있다. 이 고요는

적막의 문에 걸린 커다란 자물쇠여서, 내가 한 잎으로

돋아나야만 흐름의 속삭임이 들릴 것 같아, 발소리도 죽인 채

가만히 새벽의 강가에 서면, 내 그림자도 물위에 비친

나무의 그림자처럼 수면에 젖는다. 이 혼융은, 강바닥에

가라앉은 돌의 눈빛을 지니고 있어, 몸 낮춘 것들의 흐름이

물결 무늬로 어룽져와, 그 흐름이 가 닿는 소실점도 갈대의

눈시울에 젖는다. 어쩌면 저 갈대의 흔들림 속에도 아름드리

적막을 베어 넘기는 벌목의 바람이 묻어있으리— 베어 넘긴

적막으로 뗏목을 만들어 세찬 여울을 타고 흐르는, 숨결도

묻어있으리— 그래, 자신의 심장을 스스로 꺼내볼 수는
없겠지만
  강바닥에 가라앉은 돌의 눈빛으로 몸을 낮추면, 저물어서
  뉘어놓았던 마음들도 저 흐름의 결대로 흘려보낼 수 있
을 것 같아
  오늘도 이 새벽, 아무도 없는 강가에 혼자 툭 돋는다
  제 심장을 제가 꺼내볼 수는 없겠지만, 마치 揖木에서
  버섯이 돋아나듯, 그렇게 한 잎으로 툭 돋는다

불안의 꽃

김춘식(문학평론가 · 동국대 교수)

1.

　김신용 시인의 『바자울에 기대다』에는 이전 시집 『환상통』에서 보여준 육체에 각인된 기억에 대한 성찰이 몸 바깥의 사물에 대한 교감의 시선으로 점차 확장되어 가는 모습이 잘 나타난다. 이런 특징은 『도장골 시편』에서도 시인의 거처 주변에 있는 사물과 풍경을 자신의 기억과 내면 속의 정서를 환기시키는 소재로 사용하는 방식을 통해 동일하게 나타난 바가 있다.

　이번 시집에서도, 시인이 거처하는 '섬말'의 풍경은 지나간 세월의 기억과 '통증'처럼 가라앉은 감각에 중첩되어 시인의 과거에 대한 응시의 시선을 깊이 함축한 포에지를 구축하고 있다.

시인의 거처하고 있는 '장소'를 과거의 기억에 대한 소환 수단으로 삼는다는 점에서, 김신용 시인은 그의 시적 출발지점인 '양동'과 "버려진 사람들"에 대한 기억을 여전히 그의 일상적 생활의 화두로 삼고 있는 듯하다. '양동'이라는 장소는 시간과 공간의 변화 속에서 '지금, 여기'에서 사라졌지만 그가 '양동'을 통해서 질문해온 화두는 여전히 그가 몸담고 있는 장소에서 새롭게 재생되고 있는 것이다. 이 점에서 그의 시가 '장소와 풍경'을 핵심적 소재로 삼고 있다는 것은 주목할 만한 일이다.

시인의 현재적 거처와 그의 기억, 시적 화두가 시작된 장소가 하나로 연결되면서 성과 속의 일치, 출출세간(出出世間)의 불교적 역설은 여전히 그의 시의 근원적 지점을 차지하고 있는 것이다.

"소래 포구에서 뱀처럼 꾸불텅 파고든 갯골을"(「섬말시편—갯골에서」)보면서 '뻘'을 "墨池가 살아 있는 그늘"이라고 표현하는 시인의 진술에는 자신의 삶과 '뻘'의 뿌리 깊은 생명력을 일치시키려는 의도가 다분히 느껴진다. 바다가 묵지가 되어 뻘 위에 세한도 한 폭을 새겨 놓듯이, 삶은 오랜 세월에 걸쳐 검고 질척한 시간을 시인의 몸에 새겨 넣었다. '갯골'은 바다의 묵지가 지나간 흔적, 그늘이듯이, 시인의 몸은 시간이 할퀴고 지나간 손톱자국, 상처를 고스란히 품고 있다.

시인이 "뒤틀리고 휘어진 그 蛇行의 갯골"에서 새날과 마르지 않는 뿌리를 발견하는 것은 결국 자신의 지나간 세월이 단순히 상처로만 얼룩져 있지 않음을 확인하는 장면이다. 『환상통』에서 통증, 상처의 기억이 자신의 삶에 대한 온전한 성찰의 과정을 증명하는 증거였다면, 이제 그 통증은 현재의 시인, 시인의 전 생애를 드러내는 '몸'으로 구체화되어 나타나고 있다.

시집의 대부분이 "섬말시편"이라는 동일한 제목 밑에 부제가 달린 이유도 이 점 때문이다. 섬 마을에서 생활하는 동안 그가 바라본 모든 풍경 속에 이미 그의 육신과 기억이 녹아 들어가 있기 때문에 '섬말'은 한편으로는 그의 육체적 거처이고 그의 정신과 감각이 온전히 깃들어 있는 '몸' 자체이기도 하다.

'섬말'의 풍경을 그려나가는 그의 진술은 이 점에서 모든 대상에서 세월의 그늘을 읽어 내려고 하는 특징을 지니고 있다. 「섬말시편─짙은 그늘」에서 일제시대와 육이오를 겪으며 자신의 전 생애를 염전 진흙 밭에 바친 노파를 바라보는 시인의 시선에는 소금밭이 지닌 '짠맛'의 곡진함이 배어 있다. 폐염전처럼 늙어 갔으나 여전히 "갈대밭이 된 폐염전 터에 채마밭을 일"구는 끈질긴 노파의 삶 속에서, 인생을 묵직하고 무게 있는 것으로 만드는 '그늘'을 느끼는 시인은 '세월을 지나왔다는 것', '늙는다는 것'의 의미를 갯벌의 질긴 생명과 '근원적인 힘'을 품는 과정으로 생각한다.

'그늘 한 채'를 짓는 것이 인생의 진정성을 가장 잘 드러내는 행위이듯이, 늙은 노구의 힘은 '그늘'을 품고 있다는 사실에서 나온다. 이 점에서 이번 시집에 자주 등장하는

'그늘'과 '갯골', '뻘'은 시인의 전 생애를 특징짓는 '체험'의 성격을 규정하는 시어들이다.

뻘밭을 가꾸며 그늘을 품듯이, 시인의 내면에 각인된 인생은 상처를 가꾸며 그 흔적을 단순한 흉터가 아닌 '그늘'로 만듦으로써 구체화된다. 지나간 시간을 어떻게 한두 마디 말로 다 정리할 수 있을 것인가. 이 점에서 '섬말'에 자신의 터전을 잡은 시인에게 폐염전이나 뻘밭은 그 자신의 삶을 반추하는 중요한 대상이고 풍경이다.

아래 인용한 작품에서처럼, "내 폐염전처럼 누웠지만, 세월의 무자위는 누가 밟지 않아도/저 혼자 돌아, 나를 일으켜 세우네"라고 하여 시인은 이미 늙어 버린 자신을 폐염전에 비유하면서도, '세월의 무자위', 즉 기억이 스스로를 다시 살아 있게 할 뿐 아니라, 늙음 뒤에 오는 어떤 깨달음이나 생의 미학을 추구하도록 만든다고 말한다. 늙었음으로 "꽃 피어도 새 날아오지 않는" 혼자 허물어지기를 기다리는 육신이지만, 그 늙음으로 인해 또 다른 생의 미학이 떠오르는 것이다. "느티나무 같은 그늘"로 표현된 '홀로 낡아가는' 아름다움은, 수확을 기대하지 않고 저 스스로 허물어져 가는 '황혼의 미학'이기도 하다.

이제 꽃 피어도 새 날아오지 않는 저 나무쯤 되리
썰물 때면 갯골 맨살 패이는 섬말에 와서
내 폐염전처럼 누웠지만, 세월의 무자위는 누가 밟지 않아도
저 혼자 돌아, 나를 일으켜 세우네

느티나무 같은 그늘 한 채 드리우라 하네

그러나 가시로 금줄 치고 저 혼자 서 있는 저 나무쯤 되리

가시연꽃은 가시 세워 화엄 같은 미소를 피워 올리지만

전신에 가시 울타리를 세워도, 하얀 밥풀같이 생긴 꽃

헌 장롱 위의 묵은 먼지처럼 퍼트려 놓아

누구 하나 거들떠보지도 않겠지만, 그래도 푸른 잎사귀 틔워

獨居 꼭꼭 잠근 단추처럼 열매를 매다는, 가지마다

신열 앓듯 굵은 가시 내밀어, 그 열매 익히는 나무쯤 되리

그 거처, 누구도 눈여겨보지 않겠지만, 날카로운 가시에 떠밀려

새 한 마리, 수확의 손길 하나 다가오지 않겠지만

가을이 되어도 그렇게 내미는 손 하나 없어, 빈혈이듯

노오랗게 익힌 열매를, 땅에 툭툭 떨어트려 놓겠지만

그 마당에는 해열제를 달이는 약탕기 혼자 끓고 있으리

그 모습마저 허물어진 폐염전처럼 보일지라도

　　　　　　　　　　　　　　—「섬말시편—탱자나무考」전문

'세월의 무자위'는 이 시 안에서 시인을 일으켜 세우고 정신적으로 좀 더 높은 곳으로 이끌어 주는 어떤 힘을 상징한다는 점에서 의미심장하다. '무자위'는 염전에서 발로 밟아 물을 높은 곳으로 끌어 올리는 기구이다. 세월이 시인에게 무자위의 역할을 해서 저절로 시인의 정신을 '고처(高處)'이끈다는 암시는, 시인의 시적 근원이 바로 세월의 기억과 상처 속에 깃들어 있다는 말과 같은 것이다.

'폐염전'처럼 한 생애가 저물고 있지만 그 생애를 기록한 육신은 스스로 더 높은 정신, 시의 미학을 향해 올라가는 것이다. 모습은 비록 허물어진 폐염전 일지라도, 혼자 앓던 한 생의 열병을 '혼자 치유'하면서 시인의 '해열제' 같은 시 쓰기는 계속되는 것이다.

'탱자나무'에 빗대어 스스로의 자화상을 그리고 있는 시인은 자신의 새로운 지향점과 가치를 탱자나무의 그늘과 폐염전의 낡음이 만나는 지점에 설정한다. 의연하게, 낡아가며 무너지는 육신의 소멸을 받아들이려는 자세는 '정신'을 좀 더 높은 곳으로 이끌어 생의 허무 앞에 당당해지려는 시인의 소망을 나타낸 것이기도 하다.

"지난날의 산 일 번지 같은/그 密生이 눈물겨워 가만히 귀 기울이면, 무엇인가/수런거리는 소리 날갯짓 소리 알을 품고 부화의 순간을 기다리는/줄탁의 소리, 아, 화엄이 여기도 있었구나!"(「섬말시편—바자울에 기대다」)에서도 보듯이, 시인이 사물을 바라보면서 그 순간 지향하는 정신의 촉수는 '화엄' 혹은 자신의 삶을 올곧이 세워줄 '깨달음'이다. 이처럼 시인이 정신적 상승, 깨달음에 시의 촉수를 깊이 내리고 있는 것은 시가 언제나 그의 체험과 기억을 '중요한 것', '가치 있는 것'으로 만들어 주었기 때문이다.

일찍이 그가 방안에 앉아 원고지와 씨름하는 지적인 시인과는 거리가 먼, 육체적 노동과 노숙, 방랑의 체험에서 시를 뽑아냈다는 사실을 여기서 다시 상기할 필요가 있다. 시가, 시의 미학이 그에게 중요한 것은 그것이 그의 '전생(全生)'의 '밀도 있는 체험'을 아름다운 것, 정신적인 승화가 가능한 것으로 만들어 주었기 때문이다.

마찬가지로 노년의 그에게 시는 그의 '늙음'과 '비루', '빈곤'도 빛나는 아름다움으로 만들어 주는 존재이다. "귀 떨어진 소반에 금간 그릇 두어 개뿐인 생이라도/저 울타리 안에서는 살아 있는 것이 되는구나. 빛나는 것이 되는구나"(「섬말시편 ─ 바자울에 기대다」)라고 말할 때, 시인이 말한 울타리는 '바자울'이면서 동시에 '시(詩)'이기도 하다. "가시 돋은 연꽃도 보리의 꽃을 피" 우듯이, 생이 아무리 험하고 볼품없을지라도, 그 생의 기억은 화엄도 되고 시도 될 수 있는 것이다.

시인의 이런 자의식은 시가 그에게 '지금, 무엇인가'를 잘 말해준다. 시는 그의 전 생애에 대한 반추와 깨달음을 동시에 주는 존재로서 '진흙 속에서 피어나는 연꽃'처럼 그의 거친 생애와 상처, 통증을 오히려 '빛나는 것'으로 만들어 준다.

수련(睡蓮)이나 연꽃(「섬말시편 ─ 연밭」)에 관한 시인의 관심에는 이런 특징이 잘 나타난다.

水蓮이 아니라

睡蓮이어서, 들판의 갈대숲 헤치다 만난

작은 웅덩이 같은 연못을 찾는 날, 잦아졌다

물 위에, 마치 물의 꽃같이 핀 저 연꽃이

어째서 水蓮이 아니고 睡蓮인지

잎이 물 위에 눈꺼풀처럼 드리워져 있어

그런 이름을 지었겠지만, 그러나 말발굽처럼 생긴 잎이

누군가 물 위를 걸어간 발자국처럼 보여, 睡蓮이 아니라

水蓮으로 생각되는 날, 연못가에 앉아

수면 위에 징검돌을 놓듯 잎을 띄워놓은, 睡蓮을 본다

물처럼 흐르면 피지 않을 저 연잎들

흐르는 물에서는 줄기를 밀어 올리지 못할, 연의 뿌리들

흐름이 부패를 씻는다지만

저렇게 고여서도, 그 부패를 썩히는 어떤 힘이

저 징검돌을 딛고 물 속으로 걸어 들어가

웅덩이 같은 바닥에 뿌리를 내려, 저리도 고운 꽃을 피우고

있는 것일까?

작은 우산을 펴, 꽃의 방을 지어주고 있는 것일까?

그러나 내 시선은, 자꾸만 그 징검돌을 딛고 물 위를 걸어가

들판 가득 바람에 서걱이는 갈대숲이 눈에 더 따가운 날

睡蓮이 아니라, 흐르는 水蓮이고 싶은 마음일 때

연못가에 앉아 있노라면, 마치 졸음처럼

그 발자국을 딛고 저벅저벅 물 속으로 걸어 들어가

뻘 속에 폐선처럼 박혀서도, 물의 눈꺼풀을 열고

저리도 고운 눈빛을 밀어 올리는

水蓮이 아니라

睡蓮이어서

—「섬말시편—睡蓮」 전문

수련(水蓮)이라는 글자와 수련(睡蓮)이라는 글자를 서로
대비시키고 있는 시인의 심리에는 이 두 글자의 뜻이 아주
상반된다는 생각이 포함되어 있다. 흐르는 물의 속성을 거

슬러, 물 속 깊이 걸어 들어감으로써 꽃을 피우는 수련의 속성은, 흐르는 마음처럼 감정의 요동이나 격변과는 반대되는 것이다. 시인이 흐르는 마음이고 싶을 때 저벅저벅 물 속으로 걸어 들어가 뿌리를 내린 수련(睡蓮)의 속성에 집착하는 것은 그의 시적 지향이 바로 수련의 침묵, 고요, 저 깊은 근원에 뿌리를 내린 깨달음의 미학을 추구하고 있기 때문이다.

실제로 수련에 관한 작품은 이 시집 안에 이 외에도 「섬말 시편─睡蓮에 대하여」, 「섬말 시편─다시 睡蓮 곁에서」 등이 더 있다. 진흙으로 하강하는 꽃에 대한 그의 관심은 그가 바로 세상의 더러운 진흙 속에서 시의 고처로 올라온 과정에 대한 알레고리가 그 꽃에 담겨 있기 때문이리라. 실제로 성스러운 것과 세속적인 것 사이의 경계 허물기는 초기 시세계부터 일관되어 온 그의 시적 특징이자 지향점이기도 하다.

이 점에 비추어 보면, 수련은 곧 그의 기억 속에 깃들어 있는 고통과 상처의 기억들을 파먹으며 시를 쓰고 있는 시인 스스로에 대한 자화상으로도 여겨진다. 진흙 같은 기억을 먹으며, 그 기억 속에 뿌리를 내리고 시를 써 온 것이 지금까지 김신용 시인의 행적이라면, 물 위에 찍힌 발자국 같은 수련은, 그의 격정적인 마음을 가라앉히며 지내온 시인의 시력과도 일치하는 점이 있다. 결국, "뻘 속에 폐선처럼 박혀서도, 물의 눈꺼풀을 열고/저리도 고운 눈빛을 밀어 올리는" 수련이 그가 생의 마지막 온 힘을 다해 지향해가는 정점이라는 것을 짐작하기란 그리 어려운 것이 아니다.

실제로 「섬말 시편－睡蓮에 대하여」에는 시인의 과거에 대한 회상이 나타나는데, 그 회상은 창녀, 짐꾼, 노숙자 등 세상의 진흙바닥으로 밀려난 사람들에 대한 기억들이다. 시인에게 이 기억 자체가 풀리지 않는 수수께끼 같은 '고통'이었음은 이 시에 잘 나타난다.

　1. 지붕
　수면 위에 뚜벅뚜벅 드리워진 馬蹄形의 잎이, 지붕 같다

　기억은, 수련 같다

　몸이 연못인지, 뿌리는 몸의 진흙 속에 묻혀 있어서인지, 들판의 갈대숲 헤치다 만난 작은 웅덩이 같은 연못가에 앉으면, 그 기억은 수련처럼 피어오른다.
　의식의 물은 흐려져도… 잠의 눈꺼풀을 열고 맑게 씻은 듯 피어오른다

　그날, 그녀는 왜 지붕 위에 올라갔을까?

　몸에 실오라기 하나 걸치지 않고 발가벗은 채, 마치 실성한 듯 지붕 위에 올라가 먼 곳을 향해 손을 흔들고 있었을까? 아직 잠이 덜 깬 양동 빈민굴의 이른 아침, 빈 허공뿐인, 흉터 같은 지붕들만 다닥다닥 붙은, 판잣집 지붕 위에 올라서서 도시의 석고 같은 하늘 저쪽을 향해, 그곳에 무엇이 있는 듯, 그 무엇을 향해 애타게 손짓을 하는 듯 손을 흔들고 있었을까?

2. 진흙의 방

고요한, 연못의 수면 위에 떠 있는 잎이, 그 지붕 같다

그 지붕 아래에는 하루를 살기 위해 몸을 팔아야 하는 몸뚱이가, 진흙의 방에 묻혀 있었을 것이다. 아직 진흙의 세계에 채 익숙해지지 못한 야윈 몸뚱이를 들고, 그녀는 얼마나 진흙밭을 헤매었을까? 진흙밭을 헤매다 얼마나 돌부리에 채이고 넘어졌을까? 넘어진 곳이 진흙 무덤이어서, 그녀는 초혼을 하듯 지붕 위로 올라간 것일까?

아마 그녀는 어디로 오르는지도 모르고 지붕 위로 기어올랐을 것이다. 닫힌 문을 열기 위해, 진흙의 무덤을 열기 위해, 자신의 몸에 끈적끈적 달라붙는 진흙의 시간을 떼어내기 위해, 자신이 어디로 기어오르는지도 모르고 지붕 위로 올랐을 것이다

3. 水蓮이 아니라 睡蓮이어서

그때, 그 지붕 위에서 부른 것은, 저 수련이 아니었을까?

몸은 진흙 속에 묻혀 있어도 저리도 고운 꽃을 피워 올리는, 저 수련을 향해 그렇게 애타게 손짓을 한 것은 아니었을까?

진흙 속에 폐선처럼 박혀서도 잠의 눈꺼풀을 열고, 저리도

고운 눈빛을 밀어 올리는

　물의 꽃이 아니라, 진흙의 꽃이어서
　　　　　　─「섬말 시편─睡蓮에 대하여」 전문

　시인의 수련(睡蓮)에 대한 명상은 마침내 수련의 형상에서 구체적인 과거의 사건, 즉 양동의 집창촌, 그리고 알몸으로 지붕 위에 올라가 손을 하염없이 흔들던 한 여인을 떠올리게 한다. 결국 시인이 수련(睡蓮)에 집착한 것은 진흙 속에 뿌리를 내리고 꽃을 피우는 그 형상 때문일 것이다.

　"기억은, 수련 같다"라든가, "의식의 물은 흐려져도… 잠의 눈꺼풀을 열고 맑게 씻은 듯 피어오른다"는 구절은, 연못의 물이 의식이라면, 기억은 저 깊은 진흙 속의 무의식이나 몸의 진흙(육체에 각인된 기억)과 같은 형태라고 말한다. 의식은 흐려져도 잠든 의식의 눈꺼풀 같은 수련은 물 위로 눈을 뜨듯이, 그날의 기억은 더욱 선명하게 떠오르는 것이다.

　진흙 속에 뿌리를 내린 기억은 이처럼 의식의 표층에 있지 않으므로 시인의 근원적 화두 혹은 '원초적 기억'에 해당된다. 진흙 방 같은 집창촌(集娼村)의 지붕 위에 올라가 알몸으로 손을 흔들던 그녀에 대해, 시인은 "닫힌 문을 열기 위해, 진흙의 무덤을 열기 위해, 자신의 몸에 끈적끈적 달라붙는 진흙의 시간을 떼어내기 위해, 자신이 어디로 기어오르는지도 모르고 지붕 위로 올랐을 것이다"라고 시인은 해석한다. 즉, 진흙 방에서 나와 자신의 몸에 붙은 진흙 같은 시간을 털어내기 위해 지붕에 오른 그녀의 이야기는 '진흙 같은 시간의 기억'을 동일하게 지니고 있는 시인 자신의 이야기이기도 하다.

'수련'에 대한 집착과 화두는 결국, 진흙의 기억 속에서 고운 꽃을 밀어 올리고 싶은 시인의 소망에서 비롯된 것으로 보인다. 속된 삶에서 가장 성스러운 지점을 향해 '고운 눈빛'을 피워 올린 '수련'을 통해 대속(代贖) 혹은 희생제의(犧牲祭儀)의 한 양식을 모색하는 시인의 태도는, 그의 시가 그가 기억하는 모든 '버려진 사람들'의 삶을 미적으로 승화시킬 수 있는 양식이 되기를 열망하는 과정에서 만들어진 것이다.

> 노을 타오르는 벌판에 서면, 내가 이 파리 지옥에 앉은 파리 같을 때가 있다
>
> 벌판이, 갈대 우거진 폐염전들이 파리 지옥의 부드러운 잎 같을 때가 있다
>
> 도대체 이 파리 한 마리를 녹여 뭣에 쓰시려고, 우주는 용광로에 불길을 달구는 것인지
>
> (…중략…)
>
> 그러면 나는, 좋다! 마음껏 나를 잡아먹어라! 그 입으로 나를 씹어
>
> 뼈 하나 남김없이 녹여, 네 잎을 푸르게 물들여라! 싶기도 하지만
>
> 그러나 파리 지옥이라는 무시무시한(?) 이름을 가진 저 식충 식물은, 또 다른 이름을 가지고 있어서

비너스의 속눈썹이라는, 아름다운, 고혹적인 이름을 가지
고 있어서, 혹시
　조물주는, 이 고물을 녹여 따로 쓰실 데가 있는 것은 아닐
까? 싶기도 해
　그러면 저녁노을에 젖은 이 황량한 벌판이, 우주 고물상*
같기도 해
　온갖 고물을 녹여 새로운 무엇을 만들어내는 그런 고물상
같기도 해
　혹시 누가 알까? 이 몸 녹여 그 속눈썹에 맺힌 눈물 한 방울
이게 하실런지
　이 벌판의, 수련이 핀 연못의 맑은 물 한 방울이게 하실런
지,

　　　　　　　　　　　—「섬말 시편—파리 지옥」 부분

　버려진 사람들, 고물에 대한 시인의 단상은 '파리 지옥'
의 또 다른 이름인 '비너스의 눈썹'에까지 뻗어나간다. 노
을이 타오르는 벌판에서 스스로를 우주의 용광로에 녹아버
릴 파리 한 마리로 느끼는 시인은, 다른 한편으로는 그 하
찮은 존재가 무언가 '새로운 무엇'으로 태어날 가능성이
있기를 기원한다.
　우주의 속눈썹에 맺힌 이슬 한 방울이나 수련이 핀 연못
의 물 한 방울처럼, 미적인 무엇으로 새롭게 승화하는 존재
가 되고 싶은 이런 마음은, 진흙바닥을 뒹굴던 자신의 삶이
진흙 속에서 피어난 연꽃처럼 무언가 미적이고 신성한 것
으로 새롭게 거듭나기를 바라는 간절한 소원에서 나온 것

이다.

이 시는 수련에 대한 명상처럼, 버려진 사람들의 구원과 미적 승화야 말로 그의 시의 핵심주제임을 다시 한 번 보여주고 있다. '버려진 것에 대한 기억', '버림받은 기억'이 상처의 근원이라면 그 상처의 치유는 미적인 것으로 승화된 삶의 가능성이고 그것의 발견이다.

저녁노을에서 그런 미적 승화를 보고 또 수련에서, 벚꽃에서 그런 아름다움을 찾아내려는 그의 시적 시선의 근저에는 삶의 상처에 대한 위로와 버려지고 망가져 가는 것들에 대한 연민을 시적 체험으로 바꾸려는 열망이 존재한다. 이런 시적 체험에 대한 열렬한 추구는 이번 시집에서는 아래의 시처럼 소멸하는 것들에 대한 슬픔의 정서를 미적으로 승화하여 표현하기도 한다. 타인의 상처뿐만 아니라 그 상처의 틈으로 뿜어져 나오는 아름다운 빛을 발견하려는 시인의 시도는 아래의 작품에 특히 잘 나타나 있다.

　　한낮의, 성당 마당의 벚꽃 그늘 아래
　　휠체어에 앉은, 요양원에서 부축 받아 나온, 중풍의, 치매의 노인들이 노래자랑을 하고 있다
　　노래는, 반신불수의, 굳은 기억의 관절을 풀어주는 치료요법이겠지만
　　소풍 나온 어린아이들처럼 즐겁다. 입가에 침은 흘러내리지만
　　캄캄한 기억의 갈피에서 〈동백아가씨〉가 걸어 나오고
　　불쑥, 뜬금없이 웬 〈기미가요〉까지 튀어나와, 벚꽃 그늘

을, 의치의 크로마뇽인처럼 웃게 만들지만

　부풀어 오른 벚꽃 그늘은, 파란만장, 무의탁의 구름처럼 떠

흐른다

　아, 저 묘비명은 어떻게 읽어야 하나?

　들판의 제비꽃이나 엉겅퀴로는 읽을 수 있으려나?

　그러나 노래는… 꽃그늘에 인공호흡기처럼 매달려 있어

　그 인공호흡기를 떼어내면… 한 줄기 눈물이 주르르 흘러

내릴 것 같아

　　　　　　　　　　　　　　　　　　　— 「벚꽃 아래」 부분

기억은 굳어지고 잊히지만 노래는 저 캄캄한 반신불수의 기억을 뚫고 흘러나온다. 〈동백 아가씨〉, 식민지의 기억에서 솟아나왔을 〈기미가요〉까지.

이미 묘비명으로 남은 치매와 중풍 노인들의 모습은 삶의 허무를 일깨워 주면서 동시에 노래가 가진 그 힘으로 인해 생의 한 순간을 벚꽃 그늘 아래에서의 아름다운 한때로 장식한다. 노래는 꽃그늘에 인공호흡기처럼 매달려 이 한때를 연장해 주고 있는 것이다.

그러나 그 인공호흡기를 떼어낸 뒤에 올 허무와 슬픔은 어떻게 할까.

노래는 다른 한편으로는 시와도 같아, 특히 시인의 경우 그의 삶에 관한 노래는 그가 쓴 시이기도 하다. 꽃그늘에서 그가 본 것이 인공호흡기로서의 노래였다면 그는 동시에

자신의 삶의 인공호흡기를 역으로 시에서 발견하는지도 모른다. 그러나 이제 그 시가 그의 삶 속에서 떨어져 나간다면?

"한 줄기 눈물이 주르르 흘러내릴 것 같"은 이유는 생의 위로이자 캄캄한 기억의 저편에서 고통을 건져 아름다움으로 승화시켜 주던 시의 존재에 대한 상실감이 그에게 동일하게 엄습해 왔기 때문은 아닐까.

노래는 생의 알람(alarm)이라는 그의 생각은 「寒苦鳥」, 「저 석양」 등의 작품에 나오는데, 이 알람은 스스로 등신불 혹은 박제가 되어 다른 '길 잃은 존재들'에게 어떤 메시지를 보내는 행동이다. 벚꽃 그늘에 인공호흡기처럼 매달린 그 노래가 스스로의 삶을 '알람'으로 만들어 '묘비명'을 전시하는 것처럼, 시인은 자신의 시를 자신의 묘비명이자 알람으로 생각한다.

그런데 이상하다? 이 새는 왜 노래만 부르고 있었을까?
추운 산 속에 살면서 집은 짓지 않고, 마치 나뭇가지에 맺힌 물방울처럼
언제 떨어질지 모르는데도, 끈질기게 노래만 부르고 있었을까?
그 노래가, 제 비명의 臂膊 하나 되지 못하는데도
차가운 바람 속에서 飛泊의 나뭇잎처럼 흩날리면서도
비박의 나뭇잎 하나 얻지 못한, 그 菲薄의 날들을 노래만 부르고 있었을까
혹시 노래가, 이 새에게는 알람(alarm)같은 것은 아니었을

까?

왜 노래 해야 하는지 아지 못해도 마치 天刑이듯 불러야 하는, 그 노래는

제 스스로 자신의 내부를 열어 솜으로 채우고, 포르말린 방부액에 적셔져

그렇게 박제가 된 새의 표본이 되어, 창가에, 혹은 거리의 진열장에 놓여져

자신처럼 걸어온 모든 길 잃은 길들에게, 마치 등신불처럼 타오르는

혹시 그런 알람 같은 것이 되고 싶었던 것은 아니었을까?

한고조라는 이름의 새, 자신은 곧 떨어질 물방울처럼 나뭇가지에 맺혀 있으면서도

떨어져 내리는 그 순간이, 자신의 가장 아름다운 노래의 순간인 듯이―

　　　　　　　　　　　　　　―「寒苦鳥」 부분

위 시에서 시인은 '한고조' 라는 새에게서 시인으로서의 자신의 숙명을 발견한다. 비명이든, 노래가 되었든, 시는 "자신처럼 걸어온 모든 길 잃은 길들에게, 마치 등신불처럼 타오르는", "그런 알람 같은 것이 되고 싶"은 마음에서 우러러 나오는 것이라고 그는 생각한다.

"곧 떨어질 물방울처럼 나뭇가지에 맺혀 있으면서도/떨어져 내리는 그 순간이, 자신의 가장 아름다운 노래의 순간인 듯이―", 그렇게 노래하는 것이 시인다운 삶이라면, 지금 시인은 소멸을 바라보며, 그 소멸의 순간을 마지막 노래

로 뽑아내는 절정을 기다리고 있는 것이다.

'앙스트블뤼테(불안의 꽃)가 완전한 소멸을 앞에 둔 생명의 알람 현상으로 가장 살아 있고자 하는 순간을 지칭한다'고 「저 석양」의 화자가 말하듯이, 시인은 가장 생명의 의지로 충만한 순간을 바로 '완전 소멸'을 감지한 자에게서 찾는다.

"인공호흡기, 한고조, 불안의 꽃"은 이 점에서 모두 소멸의 순간을 감지한 자의 최후의 아름다운 노래, 비명 같은 알람(alarm)을 상징적으로 표현한 것이다. 특히, 「저 석양」의 다음과 같은 구절은 이 시집에 실린 시편 중에서도 '절창'이라고 할 수 있다.

"저 석양,/이 하루도 성냥불처럼 탁, 하고 켜져 소멸을 향해 타오르다가/마지막 수평선에 잦아드는 순간이 가장 빛나는 순간이듯"(「저 석양」)

이번 시집에서 김신용 시인은 "진정한 시의 아름다움이란, 모든 걸어온 길들의 기억을 가장 아름다운 한 순간의 빛이나 노래로 빚어내 다른 모든 눈 먼 자들에게 들려주는 '소멸의 미학' 속에 깃들어 있다"고 생각한다.

그가 석양 앞에 서서 '불안의 꽃'을 피우는 동안 탁, 하고 켜져 소멸을 향해 타오르는 동안, 그가 만든 불꽃의 언어가 우리의 눈앞에 어른거리는 동안. 내내,

그럴 것이다.